HARLEQUIN®

Fuego

MENTIRAS Y SEXO

Dawn Atkins

Editado por HARLEQUIN IBÉRICA, S.A.
Hermosilla, 21
28001 Madrid

MENTIRAS Y SEXO, Nº 97 - 20.7.05
Título original: Very Truly Sexy
Publicada originalmente por Harlequin Enterprises Ltd.

I.S.B.N.: 84-671-2880-1
Depósito legal: B-24201-2005
Editor responsable: Luis Pugni
Fotomecánica: PREIMPRESIÓN 2000
C/. Algorta, 33. 28019 Madrid
Impresión y encuadernación: LITOGRAFIA ROSÉS, S.A.
C/. Energía, 11. 08850 Gavá (Barcelona)
Fecha impresion Argentina: 6.4.06
Distribuidor exclusivo para España: LOGISTA
Distribuidor para México: CODIPLYRSA
Distribuidores para Argentina: interior, BERTRAN, S.A.C. Vélez Sársfield, 1950. Cap. Fed./ Buenos Aires y Gran Buenos Aires, VACCARO SÁNCHEZ y Cía, S.A.
Distribuidor para Chile: DISTRIBUIDORA ALFA, S.A.

1

—Muy bien, Sara, descríbeme la primera vez que intimaste con Rick, detalladamente, por favor. Hasta el último gemido es importante.

Beth Samuels se colocó la libreta en el regazo, presionó el botón de la grabadora y se reclinó en su asiento dispuesta a escuchar. Uno de sus perros, Spud, tan relajado como Beth nerviosa, se movió a su lado, intentando acomodarse para echar una cabezada.

—¿Has dicho la primera vez que intimamos? —bromeó Sara—. Supongo que te refieres a la primera vez que nos acostamos. Beth, si piensas escribir sobre sexo, tendrás que decirlo así —Sara hundió una galleta en la crema que Beth había añadido a la fuente de galletas.

—Me estoy acostumbrando, ¿vale? He dicho gemido, ¿qué más quieres?

—Algo más, cariño.

Beth apagó la grabadora, desconcertada por el desafío al que se estaba enfrentando. Había pasado de escribir una columna sobre la vida nocturna en la ciudad a convertirse en la responsable de una columna de sexo prácticamente de la noche a la mañana. Bueno, de un número a otro, mejor dicho. Beth no tenía demasiada experiencia en el sexo y, mucho menos, en escribir sobre él. Y allí era donde su hipersexual amiga Sara podía intervenir; en el caso de que realmente se decidiera a colaborar.

—Saldrá bien, no te preocupes —dijo Beth con firmeza.

No iba a decepcionar a sus lectoras. Ella cuidaba su columna, a la que titulaba *En la ciudad*. En ella, firmando como Em Samuels, informaba sobre todo tipo de acontecimientos sociales, analizando cada detalle con toda la frescura y el ingenio de los que era capaz. Aquella columna era su ventana al mundo y la hacía sentirse valiosa y viva. El dinero le importaba también, pero no tanto como disfrutar de su trabajo.

—Entonces, háblame de Rick y de esa primera vez —dijo, cambiando de postura y haciendo gemir a Spud en medio de su sueño—. ¿Ocurrió en vuestra primera cita? ¿Lo sugirió él o lo sugeriste tú? ¿Tuvisteis que forzar de alguna forma la situación o, sencillamente, sucedió?

—¿Quieres decir que si de pronto la ropa desapareció, aparecieron los preservativos y nuestros cuerpos se fundieron como por arte de magia? —Sara sonrió. Le había dicho a Beth en más de una ocasión que era demasiado soñadora—. El sexo no tiene por qué ser forzosamente bonito y delicado. La gente se mueve, tiembla, se tambalea. Las cremalleras suenan —continuó—, los preservativos vuelan sobre la cama. Los cuerpos sudan y chirrían... Pero si tienes una buena predisposición, todo el mundo acaba pasándolo bien.

—A mí no me gustan esos aspectos tan sórdidos del sexo.

—Lo que a ti no te gustaba era el sexo con Blaine.

—Nuestras relaciones sexuales eran de lo más correctas.

—«Correcto» y «sexo» son dos palabras que no pueden aparecer en la misma frase.

Sara nunca había ocultado lo poco que le gustaba Blaine, aunque no había salido de su boca un solo «te lo advertí». Sara podía ser una mujer de ideas firmes, pero era también una amiga leal.

—Bethie, si de verdad quieres hacer este trabajo, tienes que buscar otra forma de acercarte. Menos encajes, menos limusinas y más «diez maneras de pasárselo bien en la cama»

—No voy a escribir para *Cosmo* —contestó desazonada—. Sigo escribiendo para la revista *Phoenix Rising*. Lo único que tengo que hacer es sazonar mi columna con un poco de sexo.

Aunque no era tan fácil como parecía. O tan fácil como el director, Will Connell, lo hacía parecer. Lo único que tenía que hacer era llevarse la libreta para apuntar lo que ocurría después de las fiestas a las que asistía, le había dicho para tranquilizarla, ¿cuál era el problema?

El problema era que, en el caso de Beth, no ocurría nada después de las fiestas, aunque eso no podía decírselo a Will. Probablemente tendría que llevarse a Sara con ella para descubrir nuevos bares, nuevos restaurantes e incluso algún hombre. Beth no había vuelto a salir con nadie desde que Blaine la había dejado, cerca de una año atrás. Quizá porque todavía estaba recuperándose. O, quizá, porque le parecía demasiado problemático salir con nadie.

Sara intentaba animarla a salir de vez en cuando, pero Beth prefería quedarse en casa con sus mascotas, viendo cualquier película de Doris Day y Rock Hudson.

Pero *Phoenix Rising* estaba a punto de ser absorbida por un conglomerado de revistas y Will estaba intentando salvar todas las secciones, columnas y puestos de trabajo que podía, incluido el de Beth.

—Así que elige a un tipo y escribe sobre vuestra primera vez —le recomendó Sara, dividiendo una galleta en dos para arrastrar su cremoso contenido con los dientes.

—Yo no soy así —contestó Sara con aire ausente, mientras acariciaba un cojín de seda con la mano.

—Quizá no lo sea la dulce y tímida Beth, pero estoy segura de que podría serlo Em, la gran cosmopolita.

—Creo que tengo más que suficiente con mi experta en sexo, que eres tú. Así que ayúdame a pasar esta mala racha, Sara.

—¿De verdad crees que en algún momento las cosas van a mejorar?

—Por lo menos lo espero.

«Estamos en el mundo de la telerrealidad, Em», le había dicho Will, «los lectores están aburridos de sus propias vidas, así que cualquier otra cosa los fascina». Y al parecer, no había nada más fascinante que el sexo. Beth suspiró.

—De acuerdo —concedió Sara, obviamente consciente de su pesimismo—. Sigo pensando que necesitas tener una aventura, pero, si eso puede ayudarte, te hablaré de cómo fue la primera vez con Rick.

—Empezando por los momentos más interesantes, por favor —Boomer, su san bernardo, alzó la barbilla del suelo, como si estuviera interesado en la conversación, y Ditzy, un caniche, saltó al regazo de Sara.

—¿Qué pasa? ¿Ésta es la hora en la que les cuentas el cuento a tus mascotas? —preguntó Sara. Miró hacia la puerta de la cocina—. Hasta tus gatos están escuchando.

Beth miró hacia sus gatos, Frick y Frack, que miraban atentos a Sara desde la cocina.

—Por lo menos tápale las orejas a Ditzy, creo que todavía es virgen.

—Escucha y aprende —le dijo Sara a la perrita que se acurrucaba en su regazo; después, desvió su atención hacia Beth—. De acuerdo, lo más importante. En primer lugar, Rick tiene una lengua sorprendente. Comenzó a acariciarme la oreja y después fue descendiendo hasta llegar a donde realmente importa y, créeme, la sensación fue tan intensa que pensé que estaba saliéndome de mi propio cuerpo.

Beth tragó saliva.

—Vaya, es realmente impresionante —las orejas le ardían y se sentía extraña escuchando algo tan íntimo, pero tenía que hacerlo.

—¿Impresionante? Fue enloquecedor, grandioso. Después, en cuanto dejé de hiperventilar, le devolví el favor, haciéndole uno de mis mejores trabajos.

Beth continuaba tomando notas mientras Sara describía en qué consistía su mejor trabajo. Se sentía incómoda por la forma en la que estaba comenzando a sentirse. Se sentía como si fuera un merengue bajo una llama tenue, tostándose por fuera y derritiéndose por dentro.

Poco tiempo después, Sara terminó de describir su segundo orgasmo y se interrumpió para tomar aire. Ambas bebieron grandes sorbos de refresco de naranja.

—Magníficos detalles, Sara —le dijo Beth—. Pero ahora, déjame hacerte algunas preguntas más generales. ¿Siempre llevas preservativos en el bolso por si acaso el hombre con el que vas a salir no va preparado?

—Desde luego, todos somos responsables de disfrutar de un sexo seguro.

—¿Pero no te parece demasiado calculador? Si llevas preservativos, es que estás calculando de antemano que terminarás acostándote con alguien. ¿Eso no le resta un poco de emoción?

—No. El hecho de tener un extintor no significa que estés planeando incendiar la cocina. Es sólo una medida de precaución. Hay que estar siempre preparada.

—Supongo que tiene sentido, sí. La próxima pregunta es: ¿qué te hace decidirte a acostarte con un hombre?

—Un montón de cosas. Que me haga reír, que baile bien, que sea guapo, o que parezca dulce. Con Rick fue su temperatura corporal. Era un hombre tan caliente que sabía que tenía que ser muy sensual en la cama.

—¿Te acostaste con él por su temperatura corporal?

Sara se encogió de hombros.

—Estamos hablando de sexo, Beth, no estamos buscando el sentido de la vida.

—Para mí nunca ha sido tan fácil.

—Eso es porque te dejas dominar por la angustia y no dejas que las cosas, sencillamente, sucedan.

—Conmigo los hombres no reaccionan de la misma forma que contigo.

—Si te pusieras algo más sensual que una sudadera, te soltaras el pelo y no parecieras siempre tan seria, tendrías más suerte.

—O sea, si fuera una persona diferente. Intentaré ser cómo tú durante algún tiempo. Además, he estado leyendo algunos libros.

—¿Has estado leyendo libros sobre sexo? Caramba, Beth.

—¿Qué quieres que te diga? Así soy yo.

—Te minusvaloras a ti misma. Tú eres una persona muy sensual, Beth. Mírate con ese pijama de seda.

Beth acarició la tela sedosa que cubría sus piernas.

—¿Y?

—Mira a tu alrededor, observa la riqueza de los colores y las texturas con los que has decorado tu salón —Sara señaló a su alrededor—. Además, basta con ver esas paredes cubiertas de CDs para saber que te encanta la música. Tienes velas aromáticas por toda la casa y flores frescas en cada habitación. Y mira la merienda que has preparado, no sólo has preparado un refresco maravilloso, en vez de ofrecerme algún refresco artificial bajo en calorías, sino que además les has añadido crema a las galletas, dándoles un sabor cercano al nirvana. Tienes todos los sentidos alerta: la vista, el tacto, el olor, el sabor, el oído. Por supuesto, con el sexo se agudizan todavía más. Y tu problema es que últimamente lo has estado descuidando.

—Sí, supongo que sí.

—Lo único que necesitas es un hombre que abra la espita de toda esa sensualidad y ¡zas!, estarás tan caliente como tu propia columna.

—Créeme, si aparece en algún momento ese hombre mítico, tú serás la primera en saberlo. De momento, volvamos a la lengua mágica de Rick. ¿Tú dirías que el secreto reside en el calor y la humedad de su lengua o en la intensidad de la presión?

—Dios mío, Beth, realmente, necesitas un hombre.

A la mañana siguiente, Beth regresaba corriendo a casa con los perros, ansiosa por comenzar a escribir su columna. Sara tenía razón al decir que su columna sería más fuerte si estuviera basada en sus propias experiencias, y sería agradable conocer a alguien que conociera técnicas tan sabrosas con las de Rick, ¿pero qué oportunidades tenía de que eso ocurriera en un corto espacio de tiempo? Con Blaine no había ido mucho más allá de los besos... Pero se habían divertido juntos, se recordó a sí misma. No quería estropear sus buenos recuerdos. Blaine la había llevado a conocer nuevos restaurantes, bares y discotecas. Habían mantenido conversaciones entretenidas y Blaine apreciaba las caricias que compartían cuando estaban juntos. Parecían dos personas perfectamente compatibles.

Hasta que Blaine se había marchado, llevándose con él toda su confianza.

Ah, y sus ahorros. Pero Beth intentaba no pensar en ello. Le resultaba demasiado humillante.

En el interior de la casa, los perros fueron a sacar sus juguetes favoritos de un cesto en el que Beth les guardaba todas sus cosas. Beth les tiró unos cuantos juguetes y miró a su alrededor, pensando en lo que Sara había dicho sobre el cuarto de estar.

Ella sólo pretendía crear un lugar agradable para sí misma y para sus mascotas, pero si pensaba en ello, tenía que reconocer que aquel lugar era un festín para los sentidos. Y además, había conseguido hacerlo con poquísimo dinero.

Respiró profundamente, disfrutando de la fragancia de las gardenias, los hibiscos y las madreselvas que había distribuido en diferentes jarrones por el cuarto de estar y la cocina. Todas aquellas flores procedían de su jardín y tanto su fragancia como su aroma la hacían sentirse bien. Sacó una de las flores y acarició sus pétalos con la mejilla, estremeciéndose ante aquel delicioso cosquilleo. Sí, quizá fuera una mujer sensual, después de todo.

De lo que estaba segura era de que ninguno de los hombres con los que había salido había despertado aquella faceta en ella. No se había acostado con muchos hombres en sus veintisiete años de vida;

sólo con tres, contando a Blaine. Eran intelectualmente compatibles con ella, algo que siempre le había parecido más importante que el sexo. Aunque quizá estuviera equivocada.

Quizá tuviera que explorar la diferencia entre sensualidad y sexualidad en su columna. Columna en la que tenía que empezar a trabajar. Inmediatamente.

Encendió la lámpara que tenía sobre el escritorio, conectó una cascada en miniatura que caía sobre tres capas de cantos rodados metidos en un recipiente de cristal glaseado, encendió dos velas con olor a menta y tras hacer algunos estiramientos de yoga, se sentó.

Después de tres respiraciones lentas, inclinó la lámpara para asegurarse de que la luz no le cansara los ojos y encendió el ordenador.

Las mascotas ocuparon inmediatamente sus puestos. Spud se colocó a sus pies, Boomer se tumbó a su izquierda y Ditzy se acurrucó en su regazo mientras mordisqueaba uno de sus juguetes.

Beth tomó aire, lo soltó, posó los dedos sobre el teclado y comenzó su aventura.

Vuestra reportera de En la ciudad, *que os ha transmitido fielmente todo lo ocurrido en los últimos bailes, cenas y fiestas de la ciudad, a partir de ahora tendrá que prestar atención a lo que ocurre tras dichas veladas. Al fin y al cabo, mientras mi cita de esta noche y yo estamos saboreando un delicioso cabernet, nos preguntamos qué haremos después de la sesión de jazz en el Fenicio y de la crême brûlée. ¿Llegaremos a intimar?*

No era un mal principio, decidió, tras leerlo otra vez. ¿Podría convertirse en Sara mientras escribía el resto de la columna? ¿Sería capaz de acostarse con su amante imaginario en el caso de que el tipo en cuestión la hiciera reír, supiera bailar, oliera bien o, diablos, llevara una corbata que le gustara?

Ésa no era la forma de actuar de Beth. Ella no disfrutaba del sexo hasta que la relación le parecía suficientemente sólida y se sentía lo bastante cómoda con la otra persona como para minimizar la torpeza de la primera vez.

Y hacía todo lo posible para que aquella primera vez fuera algo especial: una iluminación perfecta, música seductora, velas aromáticas de fragancias eróticas, una indumentaria sexy, vino al lado de la cama y un aperitivo esperando en la nevera para después del sexo.

En su anterior columna, hablaba a menudo de cómo un cambio de ambiente podía convertir cualquier cosa, hasta el tomar una simple taza de café, en una celebración. Su columna elevaba lo ordinario a las alturas de lo extraordinario. Y quería hacer algo parecido con el sexo.

A Sara, por su parte, no la preocupaba en absoluto la elegancia. Ella disfrutaba del sexo tal como llegaba, por así decirlo. ¿Pero el sexo no podía ser algo poético y ardiente?

Beth miró hacia el calendario. Tenía solamente una semana para escribir, revisar y terminar aquella columna. Muy poco tiempo. A ella le gustaba dejar reposar sus artículos algunos días antes de pulirlos y enviárselos a Will. Su mirada voló desde el calendario hacia las cartas que le habían enviado sus admiradoras y que tenía clavadas sobre un tablero de corcho. Sonriendo, las tomó y leyó las frases que había subrayado en cada una de ellas.

Señorita Em: sus palabras me permiten visualizar todo lo que describe, decía la primera. *Gracias por la recomendación, Em, nuestro aniversario ha sido más romántico que nunca,* continuaba diciendo la segunda. Y la tercera, realmente la conmovía: *Oh, Em. Samuels, ¿qué haríamos sin ti?*

Sus lectoras contaban con ella. No podía defraudarlas.

Pero cuando sonó el teléfono, agradeció la interrupción.

—¿Diga? —preguntó alegremente, y su madre le contestó con idéntica alegría.

Beth se reclinó en la silla, sabiendo que la conversación se alargaría. Su madre siempre la llamaba en busca de apoyo y consejo, una hábito que había comenzado cuando, veinte años atrás, el padre de Beth las había abandonado.

Tardó algunos minutos en comprenderlo, pero al final Beth llegó a la conclusión de que el aparato de aire acondicionado de su madre se había roto. En Phoenix, el aire acondicionado era algo fundamental incluso en abril. Su hermano Timmy, que vivía con su madre, lo había arreglado antes de ir al trabajo, pero poco después, había dejado de funcionar.

El casero, George Nichols, insistía en sustituirlo por uno que tenía en otro de sus pisos, pero su madre no quería. El alquiler era bajo porque dejaba estipulado que ellos se harían cargo de las reparaciones, y a Timmy se le daban bien. El ofrecerles otro aparato se parecía demasiado a un favor, dijo su madre, y, evidentemente lo era. A George parecía gustarle su madre.

Algo que su madre prefería ignorar. Había salido con muy pocos hombres durante los veinte años que habían pasado desde que el padre de Beth las había dejado. George era un buen hombre, atractivo, inteligente, amable. Se había retirado de la empresa especializada en alta tecnología en la que trabajaba y se ocupaba de sus propiedades para mantenerse ocupado.

Aquel día, Beth deseó que su madre aceptara el

aparato de aire acondicionado que le ofrecía aquel hombre, fuera un favor o no. Necesitaban reducir sus gastos todo lo posible. El trabajo de Beth como especialista en escritura técnica le servía para cubrir sus propios gastos, pero con la columna, sufragaba los de su madre y los de su hermano. Razón de más para escribir una columna sobre sexo.

Convenció a su madre de que aceptara el aparato que George le ofrecía, sin comentarle nada sobre la columna porque no quería preocuparla y, antes de colgar el teléfono, aceptó ir a cenar a su casa.

Mientras clavaba la mirada en la pantalla del ordenador, pensó en algo que su madre había mencionado: el último invento de Timmy. «Necesita un inversor, Bethie, si se te ocurre algo...». A Beth se le tensó el estómago al pensar en ello. En el pasado, le habría ofrecido sus propios ahorros, pero ya no tenía ningún dinero ahorrado. Blaine se lo había quitado. ¿Cómo podía haberse equivocado tanto con aquel hombre?

Habían estado saliendo durante casi un año, pasaban la mayor parte del tiempo juntos y Blaine se había comportado en todo momento como si estuviera dispuesto a hacer cualquier cosa por ella. La verdad era que Beth se encontraba un poco incómoda en aquella relación, porque ella no estaba tan enamorada de él como él parecía estarlo de ella.

Pero cuando Blaine había desaparecido, se había quedado absolutamente desconcertada. Hasta entonces, pensaba que podía confiar en su intuición. Fundamentalmente optimista, esperaba lo mejor de todo el mundo y, normalmente, se lo ofrecían. Sí, hacia el final de su relación, Blaine se había mostrado más distante y estaba singularmente preocupado por sus negocios. Había mencionado algunas dificultades en su compañía y su entusiasmo por el durante mucho tiempo proyectado viaje al Caribe parecía haber decaído, pero Beth no había dudado en ningún momento de que la quería y deseaba estar a su lado.

Quizá sus propios sentimientos le habían impedido ver lo que realmente estaba ocurriendo. Porque, delante de sus propias narices, Blaine había falsificado su firma en un cheque y había sacado veinte mil dólares de su cuenta de ahorros, dejándole apenas doscientos.

Aquella experiencia había destrozado su confianza en los demás y, estaba segura, pasaría mucho tiempo antes de que fuera capaz de volver a confiar en un hombre.

No quería volver a arriesgarse.

Intentando concentrarse de nuevo en la columna, Beth se puso la cinta con las palabras de Sara, cerró los ojos e imaginó a su amiga, tan cómoda con su propio cuerpo y con su sexualidad.

Cuatro horas más tarde, tenía redactado un borrador con suficientes detalles como para resultar creíble y lo bastante refinado como para ser publicado. Complacida con el resultado, decidió enviarle una copia a Sara y, estaba a punto de enviarle otra a Will para asegurarse de que iba por el camino acertado, cuando sonó el teléfono.

—Dime que todavía no has presentado este artículo.

—Estoy a punto de hacerlo, ¿por qué?

—Lo siento, Beth, pero no puedes utilizarlo.

—¿Qué?

Sara bajó la voz.

—Sé que suena ridículo, pero Rick cree que es demasiado personal.

—Estás de broma. Es imposible que nadie sepa que estoy hablando de vosotros.

—Pero nosotros lo sabemos y eso es suficiente, o por lo menos eso es lo que dice él.

—Bromeas.

—Me encantaría. Personalmente, me parece que es bastante tórrido. Imagínate, Rick quiere que volvamos a salir.

—Pero tú no quieres relaciones exclusivas... —ésa era la filosofía de Sara hacia los hombres.

—Lo sé, lo sé. Pero éste es tan mono, tan sentimental...

—Me alegro por ti, Sara, y espero que la cosa funcione —suspiró, intentando no pensar en la columna que acababa de perder.

—Siento mucho hacerte esto, Beth —dijo Sara, como si le hubiera leído el pensamiento—. ¿No podrías cambiar un poco la columna? ¿Ahorrarte los detalles?

—La magia está en los detalles... Déjame ver —abrió el archivo y releyó la columna. Si quitaba los detalles, se quedaba con sólo dos párrafos—. Si quito todo lo relativo a vosotros, me quedo prácticamente sin nada. Y sólo tengo una semana para arreglarlo.

—Ya sabes cuál es la respuesta: búscate un hombre.

—No puedo creer que me estés haciendo esto.

—Puedes hacerlo, Beth. Ponte algo ceñido y muéstrate amable.

—Supongo que tendré que inventarme toda la columna —suspiró—. Quizá añada algunas estadísticas sobre los juegos eróticos que más le gusta a la gente o algo así.

—¿Estadísticas? Vamos, piensa en la magnífica columna que podrías llegar a hacer. Vamos, inténtalo.

—No, esas cosas no están hechas para mí —en lo

que a hombres se refería, Beth estaba tan lejos de la fría y sofisticada Em como una virgen de una prostituta.

Colgó el teléfono y miró la pantalla del ordenador. El cursor palpitaba como su propio corazón. Se imaginó a sí misma poniéndose algo ceñido, metiéndose en un bar y conectando todas sus antenas. No, de ningún modo. Ni en un millón de años haría nada parecido.

—Ésa no es una columna para mi revista, Beth —le dijo Will mientras revisaba su escrito. Le había pedido una reunión en su despacho, algo que nunca era buena señal—. Es demasiado inexpresiva, como una especie de libro de recetas. ¿Dónde está la energía? Diablos, tu descripción del vino es más ardiente que la que haces del dormitorio.

—Tuve que cambiarlo todo en el último momento, pero puedo hacerlo mejor —aunque ella tenía experiencia en narrar situaciones reales, no era así en escribir ficción.

Will tomó una de las muchas revistas que tenía sobre el escritorio, *Man's Man*, leyó Beth. La abrió en una página, la señaló y giró la revista hacia ella.

—Eso es lo que queremos, nuestra propia versión de lo que escribe Z. en *Man's Man*.

—Ésa es una revista para hombres —replicó Beth—, y *Phoenix Rising* es leída sobre todo por mujeres —intentó devolvérsela.

—Quédatela. A lo mejor te sirve de inspiración. Dame algo con lo que pueda trabajar, Em. Estamos perdiendo lectores por todas partes. Y a las mujeres también les gusta leer sobre sexo.

Beth se fijó en las profundas arrugas de preocupación que ensombrecían el ceño de Will y en el sudor que empapaba su camisa. Las cosas iban peor de lo que le estaba diciendo.

—¿Qué es lo que me estás ocultando?

Will suspiró.

—La cuestión es que el vicepresidente de *Man's Man* vendrá la semana que viene para hablar de los cambios que tenemos que hacer en la revista. Quieren reorganizarlo todo. El lema de *Man's Man* es «excitación, fuego y emoción». Yo quiero conservar tu columna, pero habrá que presentar algo. Tienes que deslumbrarme, y también a él.

—Haré todo lo que pueda —contestó Beth, sintiendo cómo se acumulaba la tensión en su estómago.

—Pues claro que lo harás. Puedes hacerlo. Sencillamente quiero algo, no sé... más vivo, más fresco, más real.

¿Vivo, fresco, real? Muy bien. Con el corazón en un puño, Beth leyó la columna de *Man's Man* mientras salía del edificio. Allí sólo había sexo, sexo y más sexo. Nada de calor. Ninguna sensibilidad.

Aquello era malísimo. Grosero. Un montón de tonterías falocéntricas. Y, por mucho que fuera eso lo que los lectores de *Man's Man* buscaban, estaba muy lejos de ser lo que las lectoras de *Phoenix Rising* necesitaban.

Pero ella podía hacerlo mucho mejor. Tenía que hacerlo. Y no podía conformarse con un artículo de ficción. De esa forma no podría hacer algo vivo, fresco, real. Sólo había una manera de hacer lo que necesitaba.

En la acera del edificio, se colocó la revista bajo el brazo y sacó el teléfono móvil.

—¿Diga? —contestó Sara.

—Dime todo lo que necesito saber para atrapar a un hombre.

—¿De verdad?

—No, espera. Mejor todavía, consígueme una cita con un hombre. Quiero hablar con él, coquetear, llegar a conocerlo… todo eso. Oh, diablos, lo que tienes que hacer es ayudarme, Sara.

2

Adam Rafael Jarvis, AJ para los amigos y Rafe para el resto del mundo, entró en el vestíbulo del hotel. Su trabajo había terminado por aquel día. Y gracias a Dios. Se pasó la mano por el pelo, completamente agotado. Había sido todo lo amable que había podido con los empleados de *Phoenix Rising*, pero les había dado el baño de realidad que necesitaban.

Había hecho todo lo que había estado en su mano para minimizar el dolor. Habría cambios, aumentaría el número de comerciales y disminuiría el de redactores. Pero si todo el mundo seguía sus indicaciones, nadie perdería su trabajo.

Le había gustado trabajar con el director de la revista, Will Connell, un tipo con sentido común y un editor con experiencia. Aun así, la tensión que se respiraba en el ambiente lo había dejado agotado. La edad lo estaba ablandando. Sólo tenía treinta y cinco años, pero últimamente se sentía viejo.

Necesitaba una copa, de modo que se dirigió al bar con intención de tomar un whisky que lo ayudara a aliviar las tensiones del día.

Se sentó al final de la barra, desde donde podía observar al resto de la clientela, un antigua costumbre, y pidió un whisky con hielo.

El bar estaba abarrotado por los asistentes a una convención; a los congresistas se los podía reconocer por la tarjeta plástica que llevaban en el pecho, y había también empleados de las oficinas de la zona, vestidos con traje y atraídos por los precios de la hora feliz, sin duda alguna. Había algunas mujeres sin pareja, advirtió, una cerca de la barra y otras en taburetes.

Hubo una mujer en particular que le llamó la atención. Vestida con un modelo azul ajustado, se movía hacia los asientos del bar con paso decidido, pero los tobillos ligeramente temblorosos, como si fuera una niña que le hubiera quitado los zapatos de tacón a su madre. Decidida, pero vacilante. Humm.

Unas curvas magníficas, senos firmes y el pelo peinado hacia atrás de una forma que parecía estar llamando a las caricias de un hombre, pero cuando pasó al lado de Rafe, éste pudo ver que lo llevaba sujeto con un pasador con forma de gato.

¿Una mujer ardiente con corazón de niña? Interesante contradicción. Y magnífico trasero, advirtió mientras ella desaparecía de su vista.

Desvió su atención hacia un hombre que coqueteaba tímidamente con las tres mujeres que estaban en los taburetes. O bien estaba casado, o era su jefe. A Rafe le habría encantado estar suficientemente cerca como para escuchar y verificar su presentimiento. Sonrió para sí. Evidentemente, estaba aburrido.

Bebió la copa, agradeciendo el calor del alcohol. Le gustaba viajar, le gustaba visitar otras propiedades de *Man's Man*, le gustaba dejar su propia huella en las revistas que compraban. Pero el resto de su trabajo estaba comenzando a ser demasiado previsible y estaba cansado de las fiestas benéficas, las reuniones y los informes sobre ingresos por publicidad.

Curiosamente, echaba de menos el verdadero periodismo. Había estado pensando mucho en los días pasados en el *Miami Tribune*, donde había dirigido una investigación sobre las empresas de servicios funerarios. Había revisado cientos de informes, interrogado a montones de burócratas reticentes a hablar y al final había ayudado a escribir una serie de artículos que habían derivado en un cambio en la legislación y a él le había valido una nominación al premio Pulitzer.

Su trabajo había sido recompensado, pero en aquella época no era consciente de lo mucho que eso significaba para él; entonces era un tipo inquieto. Un par de artículos más habían elevado su perfil y le habían ofrecido trabajar para *Man's Man* escribiendo artículos de fondo. El salario era bueno y a él le gustaba la zona de Bahía. Poco tiempo después, había sido nombrado editor, un nuevo desafío, y, desde allí, había llegado a ser vicepresidente de la revista.

Y en aquel momento, se sentía atrapado. Había sido él el que había tomado sus propias decisiones, y el propietario de la revista contaba con él. Quizá fuera sólo un período de inquietud que pronto pasaría.

Tendría que pasar un día más en Phoenix, durante el cual repasaría algunos detalles con Will y hablaría con otra de las periodistas, Em Samuels, columnista de la sección de ocio, que tenía que pasar ese mismo día por las oficinas.

No era una reunión que esperara con ganas. El trabajo de aquella mujer ejemplificaba lo que más le disgustaba a Rafe de aquella revista. Em Samuels escribía sobre comida, vinos y acontecimientos sociales, con un tono completamente pasado de moda, sobre todo teniendo en cuenta los lectores que buscaba la revista. Connell quería conservarla en la plantilla porque, según él, era una mujer de gran talento. Rafe estaba deseando ofrecerle una oportunidad, pero para ello tendría que olvidarse de su columna.

Esperaba que por lo menos no se le pusiera a llorar. Rafe odiaba hacer llorar a las mujeres. Y ése era el motivo por el que evitaba a cualquier mujer que insinuara interés en una relación seria.

Aunque la verdad era que últimamente las evitaba a todas. Bebió otro sorbo de whisky y, como no quería pensar en lo que eso podía significar, decidió concentrarse en los cambios que quería hacer en *Phoenix Rising*.

Hasta que Will encontrara a alguien que pudiera sustituir a Em Samuels, Rafe pondría a Zack Walker, uno de los redactores de *Man's Man*, como columnista invitado.

Y en dos días, estaría de vuelta en las oficinas de San Francisco. Justo a tiempo para la reunión con los accionistas, que sería seguida de un torneo de golf de carácter benéfico y una semana de trabajo para diseñar estrategias de trabajo. Todo absolutamente tedioso y mortalmente aburrido.

A diferencia de aquella mujer con el pasador con forma de gatito que acababa de salir del cuarto de baño. La mujer en cuestión lo descubrió mirándolo, esbozó una sonrisa que iluminó sus ojos y pasó muy deprisa por delante de él, como si temiera que pudiera dirigirle la palabra.

Y Will sintió la urgencia de hacerlo, pero ella se dirigió a una mesa en la que estaba sentado un tipo taciturno. Sin duda alguna era su novio, aunque el hecho de que se mostrara tan sombrío teniendo a una mujer como aquélla en su mesa era todo un misterio para Rafe.

La mujer le dijo algo a su acompañante, éste contestó, sonrió, se levantó y se marchó. ¿Lo habría enviado a hacer algún recado? Ella le sonrió mientras se marchaba y dejó caer los hombros. ¿Sería fingida su alegría?

La mujer se levantó de su reservado, pareció vacilar y miró de nuevo hacia el resto del pub. No miró a Rafe en aquella ocasión, estaba demasiado ocupada buscando el teléfono en el bolso. Rafe se movió para poder verla mejor, y también escucharla.

—¿Sara? —dijo, y se llevó la mano al oído—, excepto por las copas, esto es un auténtico desastre. ¿Qué? Sí, sí, he conocido a un tipo. El problema es que acababa de pelearse con su novia... Sí, ¿entiendes lo que quiero decir? ¿Qué te parece? Por supuesto que lo he ayudado. Incluso le he sugerido un regalo. En esa tienda del Central hay rosas y si compra un jarrón en Osco's, que está de rebajas, tendrá un regalo de sesenta dólares por menos de treinta... ¿Qué? No, claro que no me estoy saboteando a mí misma. La cuestión es que no puedo hacer esto... ¡pero claro que quiero acostarme con alguien!

Se llevó la mano a la boca con expresión de disgusto y alzó la mirada, no en la dirección de Rafe, afortunadamente, porque en ese caso lo habría visto a punto de atragantarse en respuesta a sus palabras.

¿La habría desafiado su amiga a pescar a un pobre tipo? Y ella le había echado el ojo a un pobre perdedor que sólo se había fijado en ella por despecho. Rafe sacudió la cabeza divertido y continuó escuchando.

—Yo no soy la clase de mujer que les gusta a los hombres —continuó—, soy el tipo de mujer al que le piden consejo sobre sus novias. Creo que me voy a ir a casa. ¿Qué otra cosa puedo hacer? Sí, lo sé... Ya sé lo que te dije... Y sí, también sé que me conviene —se mordió el labio y escuchó a su amiga—. De acuerdo, de acuerdo, volveré a intentarlo una vez más.

¿Una vez más, eh? ¿Quería un hombre con el que acostarse? Humm. ¿Podría ser él? Aquella posibilidad le produjo una emoción que no había sentido en mucho tiempo. Aquella mujer tenía una frescura y una sensualidad que no le importaría en absoluto explorar.

¿Pero cómo podía acercarse a ella? Se fijó entonces en un bolígrafo que había en el suelo, al lado de su mesa. Ésa podía ser una forma de empezar. Abandonó su taburete y se dirigió hacia ella. Quería conocer la historia de aquel pasador. Y quizá otras muchas más.

—¿Es tuyo? —el hombre que había sonreído a Beth cuando ésta se dirigía hacia el baño le tendió un bolígrafo.

—Eh, no, no es mío, a lo mejor es de la camarera —respondió Beth, y señaló hacia ella.

El hombre le dirigió una sonrisa confiada y atractiva. Tenía unos ojos de color azul intenso.

—¿Te importa que la espere aquí hasta que venga? —parecía estar bromeando.

Beth advirtió entonces con sobresalto que lo del bolígrafo y la camarera eran solamente una estratagema. Lo que aquel hombre quería era sentarse con ella.

—Oh, no, claro que no. Siéntate —qué suerte la suya.

El hombre se sentó y le tendió la mano.

—Me llamo AJ —se presentó.

—Yo soy Beth.

AJ le estrechó la mano con la justa firmeza; tenía la mano extremadamente caliente. Aquélla era la razón por la que Sara se había acostado con Rick: por su temperatura corporal. Qué locura. «Pero sólo se trata de sexo», le diría Sara, «no busques en ello el sentido de la vida».

Beth observó a su nuevo compañero mientras éste la medía con la mirada. Era una sensación inquietante, pero agradable. Y sobre todo realmente halagadora.

Había cierta dureza en su rostro, tenía la mandíbula cuadrada, la nariz firme y una dura expresión, pero la anchura de su boca y su sonrisa fácil suavizaban el efecto.

Lo más llamativo de su rostro eran los ojos: azules y duros como el cristal, pero había humor e inteligencia en sus profundidades.

Justo cuando aquella mutua observación comenzaba a ser demasiado larga, llegó la camarera.

—¿Qué vas a tomar? —le preguntó a AJ con una sonrisa mucho más radiante que la que le había dirigido minutos antes a Beth.

—¿Qué estás tomando tú? —preguntó AJ señalando la copa de Beth.

—Tuti-Frutti Martooti —respondió ella.

El nombre le sonaba mucho más tonto que cuando lo había elegido. Había ido al Grins porque era un bar especializado en cócteles... Y para conocer a algún hombre, claro.

—¿Quieres otro? —preguntó AJ con expresión dubitativa.

—Creo que debería probar algún otro —tomó la carta de las bebidas—. No soy capaz de decidirme entre Caramelo Twist o Ardiente Cha-Cha. ¿Cuál eligirías?

—Lo siento, no puedo ayudarte —respondió AJ, arqueando una ceja como si le hubiera hecho la pregunta más loca del mundo—. Yo tomaré un whisky con hielo, por favor —le dijo a la camarera, como si fueran viejos amigos.

—Ahora mismo —le guiñó un ojo.

—Yo tomaré un Caramelo Twist —dijo Beth.

—Claro —la camarera tomó nota y le dirigió a AJ una sonrisa de despedida.

—El bolígrafo —le recordó Beth a AJ.

—Creo que se te ha caído esto —le dijo AJ a la camarera con una sonrisa de despedida.

La camarera aceptó el bolígrafo, prolongando el contacto de sus dedos.

—Gracias por estar tan pendiente de mí —era tan obvia...

—Es un placer —contestó AJ, coqueteando también descaradamente.

Había personas a las que flirtear les resultaba tan fácil como respirar. Desde luego, aquél no era el caso de Beth. Sara le había dado algunos consejos, pero éstos habían desaparecido de su mente en el instante en el que aquel hombre se había sentado en su regazo... bueno, en su reservado.

Se le tensó el estómago. Todo aquello la sobrepasaba. En realidad no quería acostarse ni con ese hombre ni con nadie. Hablarían, bromearían y, quizá incluso llegara a besarlo. Sólo lo suficiente como para darle un poco de sabor a su columna. Sara, por su puesto, habría buscado sexo si hubiera estado en su lugar. Al fin y al cabo, aquél era un hombre de manos calientes. ¿Y Em? ¿Qué haría Em en un momento como aquél?

Estaba a punto de averiguarlo.

—¿Qué te trae por aquí? —preguntó AJ, cruzando los brazos e inclinándose hacia delante.

«He venido a buscar un hombre con el que acostarme».

—Me apetecía probar algunos cócteles —dijo, alzando la copa vacía de Martooti.

—Siento no poder ayudarte. Esas bebidas tan remilgadas amenazan mi masculinidad.

Beth sonrió.

—Me parece que eso es imposible.

No estaba mal. Había algo que le estaba dando valor para arriesgarse. No sabía si era el calor de la expresión de AJ o su determinación de sacar una columna de aquella situación a cualquier precio.

—¿Te parezco demasiado viril?

—No, sencillamente, viril.

La luz de las velas iluminaba el pelo rubio de AJ y llameaba sobre el cuero de su cazadora. Debajo, llevaba una camisa de seda de color ladrillo. El contraste entre el cuero y la seda invitaba a la caricia. Al igual que los músculos que se adivinaban bajo la seda.

—Creo que tengo un lado femenino, aunque no sé muy bien dónde —fingió buscar en el bolsillo interior de la cazadora y se encogió de hombros—. Esperemos que aparezca cuando lo necesite.

—¿Y cuándo podrías necesitarlo?

—Cuando una mujer quiera saber lo que siento.

—Intentaré no ser indiscreta.

Beth sabía que AJ no estaba bromeando. A pesar de su simpatía, había cierto recelo en él. Sus ojos penetrantes, aunque amables, parecían estar advirtiéndole que no se acercara demasiado.

—¿Y a qué te dedicas, Beth? —le preguntó.

—Pues... soy escritora especializada en literatura técnica.

Al fin y al cabo, ése era uno de sus trabajos. Si le decía que acababan de ofrecerle una columna sobre sexo y que en aquel momento estaba preparando su primer artículo, cambiaría todo el sabor del encuentro.

—Parece interesante.

Beth soltó una carcajada.

—Eres demasiado amable. Suena aburrido, pero a mí me fascina. Me encanta el desafío de convertir la jerga tecnológica en algo que pueda comprender la gente normal.

—En una ocasión tuve que montar un aparato de música estéreo. Cuentas con todo mi reconocimiento. ¿Has estudiado algo relacionado con la ingeniería?

—La verdad es que no. Soy licenciada en filología, pero sé mucho de matemáticas y de ciencia.

Llegó la camarera con las bebidas y cuando se marchó, AJ alzó su copa para un brindis.

—Por las bebidas dulces y la conversación —dijo, estudiando a Beth por encima del borde de su vaso.

Algo vibró en el interior de Beth. Cruzó nerviosa las piernas al sentir un inesperado calor entre ellas. Sólo estaban hablando de cócteles y escritura técnica, pero se sentía como si estuviera a punto de hacer algo emocionante.

Elevó su copa y dijo:

—Por habernos conocido el uno al otro —¿y por la posibilidad de poder llegar a algo más?

Sólo si ella se atrevía. Y si él estaba interesado, por supuesto.

La proporción de anís y chocolate de su bebida era exagerada y el efecto resultaba repugnantemente dulce. Beth tachó inmediatamente aquel cóctel de su lista de posibles favoritos.

—¿Y tú a qué te dedicas? ¿Y qué te ha traído por el Grins?

—Me alojo aquí, en el hotel.

—¿De dónde eres?

—De San Francisco.

—¿Y estás aquí por algún asunto de trabajo?

AJ asintió y sus ojos reflejaron cierto disgusto.

—¿Y a qué te dedicas?

—Soy experto en transiciones empresariales. Me dedico a reorganizar empresas, a asignar nuevos destinos a sus empleados y ese tipo de cosas.

—Parece mucho más interesante que dedicarse a escribir instrucciones.

—La verdad es que hoy no ha sido un día muy divertido. De hecho, me he dejado caer por aquí para dejar de pensar en ello —alzó su copa a modo de prueba.

—Lo siento, no pretendía entrometerme en tu vida —prácticamente, lo estaba interrogando. Un segundo más, y habría terminado pidiéndole su número de la seguridad social y tomándole las huellas dactilares.

—Limitémonos a hacernos compañía el uno al otro —acercó su copa a la de Beth y volvió a mirarla—. Creo que será de lo más interesante.

—Sí, claro.

Beth desvió la mirada, sintiéndose incómoda por la intensidad con la que la estaba mirando. Aunque, por otra parte, le gustaba. El cosquilleo entre sus piernas se intensificó. En aquel momento podía comprender perfectamente que si una mujer se dejaba llevar por ciertos impulsos, podía terminar acostándose con un hombre como AJ sin hacer ningún esfuerzo en absoluto.

—En realidad, cuando has cruzado el bar hace un rato me has llamado la atención.

—¿De verdad?

Podía ser una frase hecha, pero había algo tan directo en AJ que Beth estaba segura de que debía de tratarse de algo más.

—¿Y por qué?

—Me pareces, no sé, contradictoria.

—¿A qué te refieres?

—Vas vestida de manera muy sensual, pero parece que te cuesta andar con tacones y llevas un pasador con forma de gato en el pelo.

—Oh —se llevó la mano al pasador de Hello Kitty que le había pedido a la hija de su vecina para sujetarse el pelo—. Es prestado, y los zapatos son nuevos —la verdad era que nunca llevaba tacones.

—No te disculpes; las contracciones te sientan bien.

Su escrutinio la halagaba y la inquietaba al mismo tiempo, así que decidió bromear, intentando aplacar aquel sentimiento.

—Excelente, así que soy absolutamente encantadora. ¿Y ahora qué me toca decir a mí? ¿Que nadie parece haberse dado cuenta hasta ahora o algo parecido?

Hubo algo en la mirada de AJ que le indicó a Beth que había herido sus sentimientos.

—Lo siento, supongo que esto no se me da bien.

—¿El qué?

—Ya sabes, las conversaciones frívolas, los coqueteos y todas esas cosas. Yo prefiero ser más directa. Me gusta la gente que dice lo que piensa.

—A mí también.

—Pero a ti también se te da bien lo otro. Con la camarera has estado magnífico, y lo de acercarte a mí utilizando la excusa del bolígrafo también ha estado bien.

—¿Debo imaginar que eso es un cumplido?

—Absolutamente. Y estoy muy interesada en ver cómo funciona todo esto.

—¿Por qué?

Beth no podía contestar exactamente, pero podía

acercarse al menos a la verdad y conseguir así algún dato sobre lo que pensaban los hombres de una cita. Si no iba a acostarse con ese hombre, por lo menos podía entrevistarlo.

—La cuestión es que hacía mucho tiempo que no salía con nadie. Y, bueno, me temo que estoy un poco oxidada. Así que tengo algunas preguntas que hacer sobre cómo funciona todo el proceso.

—Así que llevas tiempo sin salir con nadie, ¿eh?

—Sí. Tuve una relación larga que terminó y ahora llevo bastante tiempo fuera de la circulación.

—Una pérdida para el sector masculino de la población.

—Gracias. Así que ¿puedo preguntarte cómo funciona todo esto?

AJ pareció encontrar divertida la pregunta.

—No soy un experto, pero pregunta.

—Magnífico —Beth se colocó en su asiento, sintiéndose mucho mejor con su faceta de periodista—. Allá vamos. ¿Cómo decides lo que tienes que decir cuando conoces a una mujer?

—Eso depende de la mujer y de la situación.

—No recurres a frases hechas del tipo: «¿te hiciste mucho daño al caer del cielo?».

—Diablos, no, eso es para aficionados —le guiñó el ojo, indicándole claramente que estaba bromeando—. La primera frase sirve para romper el hielo. Tiene que ser una frase intrigante o divertida, y, por supuesto, carente de cualquier connotación sexual.

—Resultaría demasiado ofensivo, ¿verdad?

—Exacto. Y la que verdaderamente importa es la segunda frase. Para entonces, ya puedes tener toda una conversación entre manos.

—Oh, es cierto —Beth deseó poder encender la grabadora—. Entonces, ¿cómo averiguas de qué tienes que hablar para poder iniciar una conversación?

—Eso varía. Por ejemplo, estoy en el aeropuerto y veo una mujer a la que me apetece conocer. Podría preguntarle por el libro que está leyendo, o interesarme por su portátil, cualquier cosa que pueda parecer natural. Siempre dando por sentado que no le moleste. Pero normalmente, si alguien prefiere disfrutar de su soledad a entablar conversación, suele notarse.

—Entiendo lo que quieres decir —parecía estar hablando de ella, de la mujer que prefería disfrutar de su soledad, aunque hubiera sucumbido a la tentativa de acercamiento de AJ. Había algo en él que la hacía sentirse cómoda, como si lo conociera desde hacía años.

—Muy bien, hay otra cosa sobre la que tengo cierta curiosidad... —se interrumpió, preguntándose si se atrevería a formular la pregunta que le estaba rondando por la cabeza—. ¿Con cuánta frecuencia suelen derivar esos encuentros en algo más? ¿En una cita y después en...?

—¿Te refieres al sexo? —volvió a sonreír de oreja a oreja—. Eso depende de la química, de cómo se sientan las dos personas. Aunque si quieres saber la verdad, últimamente no muy a menudo. He estado viajando mucho y no he mostrado demasiado interés en el sexo.

—Me lo imagino.

Maldición. Eso significaba que aquella noche se limitarían a hablar. Pero no estaba mal. Por lo menos de esa forma tendría algún material para su columna.

—Hasta que he visto tu pasador, eso es —dijo AJ, sorprendiéndola—. Has conseguido despertar mi interés.

—¿De verdad? —las chispas comenzaban a crepitar en su estómago. Bebió un trago intentando sofocarlas, pero su cóctel estaba asquerosamente dulce. Hizo una mueca.

—Prueba esto —AJ le tendió el whisky.

Beth bebió un trago, pero dio sorbo tan grande y el alcohol era tan fuerte que se atragantó.

AJ se inclinó sobre la mesa para palmearle la espalda.

—¿Estás bien? No pretendía asustarte.

Beth asintió y abrió la boca para tomar aire.

—Sí, sí, estoy bien.

—Te gustan las personas directas, ¿verdad? Has dicho que te gusta que la gente muestre sus verdaderas intenciones.

—Sí.

—De acuerdo. Quiero acostarme contigo, Beth.

El cuerpo entero de Beth se cargó de electricidad. No podía creerse su suerte. No sólo había conocido a un hombre guapísimo en un bar, sino que, en menos de quince minutos de conversación, había conseguido que quisiera acostarse con ella. Aquello era más fácil incluso de lo que Sara había pronosticado.

—¿Beth? —preguntó AJ—. ¿Estás bien?

—Sí, estoy bien, mejor que bien incluso. Así que ¿quieres que...?

—¿Nos acostemos? Sí, tengo muchas ganas. ¿Y tú también estás interesada? —preguntó con la mirada llameante.

Aunque por su puesto ni siquiera había soñado con llegar tan lejos, Beth había ido preparada al bar. A sugerencia de Beth, llevaba un cepillo de dientes y toda una colección de preservativos en el bolso.

Pero lo más sorprendente era que realmente deseaba a aquel hombre de mirada intensa, sonrisa fácil, mandíbula cuadrada y manos cálidas. Su cuerpo entero vibraba ante la posibilidad de estar con él. Y no era sólo porque tuviera que escribir una columna sobre sexo, ni por el desafío que le había planteado Sara. Sencillamente, lo deseaba. En alguna parte, muy dentro de ella, sabía que lo deseaba, por qué y cómo conseguirlo.

¿Pero sería capaz de hacerlo? Podía ser un desastre. Una situación desagradable y embarazosa. Pero también podía ser la gloria.

—Si éste no es un buen momento, no te sientas presionada —dijo AJ, como si hubiera adivinado sus dudas—. Sólo quiero que sepas que estoy disponible. Y deberías saber que te bastaría con mover un dedo para que todos los hombres solteros que hay en este local, e incluso algún que otro casado, se fuera contigo a la cama, o a donde quiera que te apeteciera llevarlo.

—Eres muy amable —aquel hombre había sabido borrar sus dudas con una sola frase.

—Todo lo que he dicho es cierto.

¿Cómo podía dejar escapar a un hombre así? ¿Cómo iba a desperdiciar una oportunidad como aquélla? Beth no era ninguna cobarde. Iba a lanzarse a por él, como fuera.

—La verdad, AJ, es que yo también estoy interesada. Me gustaría... eh, acostarme contigo, creo —se sonrojó violentamente.

—Lo dices como si estuvieras aceptando una misión peligrosa —sus ojos chispeaban, invitándola a relajarse.

—Ya te he dicho que hace mucho tiempo que no salgo con nadie. Y conocer un hombre y acostarme tan rápido con él...

—Si eso te hace sentirte mejor, yo también he perdido la práctica.

¿Qué había perdido la práctica? Ella nunca la había tenido. Pero, por supuesto, no iba a admitirlo.

—Muy bien, entonces en eso estamos igual —se mordió el labio—. Supongo que ahora deberíamos subir a tu habitación.

AJ le tomó las manos y la miró a los ojos.

—Antes será mejor que nos terminemos las copas y hablemos un poco más. Después ya veremos lo que nos apetece hacer.

—¿Pero tú crees que nos apetecerá...?

AJ consideró la pregunta con burlona seriedad.

—Sí, quizá sea mejor que nos aseguremos. Así no perderemos el tiempo.

Se apartó de su asiento para sentarse al lado de Beth, le tomó el rostro entre las manos y la besó. Beth estaba estupefacta. La emoción le impedía moverse. El roce de los labios de AJ era extremadamente delicado, sus caricias lentas. Se tomó su tiempo en acariciar el perfil de sus labios con la lengua en una amistosa seducción.

Beth movió la lengua para rozar apenas la de AJ, deleitándose en su suavidad y su sabor. Su sexo comenzó a palpitar con firmeza. Un estremecimiento recorrió su cuerpo y cerró los ojos. Aquel hombre comprendía el placer de un buen beso.

AJ posó las manos en ambos lados de su cabeza y le hizo inclinarla en un ángulo diferente. Beth respiró la fragancia de su colonia, uno olor elegante y sutil, que parecía casi natural.

Después de un minuto delicioso de caricias de labios y lenguas e intercambio de alientos, AJ la soltó.

—¿Y bien? —preguntó—. Yo creo que vamos a querer subir después.

Beth abrió los ojos lentamente. ¿Estaba de broma? Ella se estaba derritiendo como un cubito de hielo sobre la lengua.

—Mmm —consiguió decir.

—A lo mejor deberíamos probar otra vez —dijo AJ y se inclinó hacia delante para darle otro beso.

En aquella ocasión la succión fue mayor. Sus labios tiraban de los de Beth, acariciándolos a un ritmo hipnótico, hacia delante y hacia atrás. Se movía lentamente, como si fuera consciente del nerviosismo de Beth, pero ésta sentía su respiración entrecortada, de modo que sabía que estaba tan excitado como ella.

Todo su cuerpo parecía encenderse y relajarse, como si estuviera deshaciéndose bajo las manos de AJ.

Se movió hacia él, deseando sentarse en su regazo, pero tropezó con la mesa. El tintineo de las copas le recordó que estaban en un bar abarrotado de gente. Interrumpió el beso y alzó la mirada hacia los ojos de AJ, que llameaban de deseo.

—Vamos a tu habitación —le pidió en un arrebato de lujuria, pero inmediatamente, le explicó—: Para tener un poco más de intimidad, quiero decir.

Quizá llegaran hasta el final o quizá no. Lo único que Beth sabía era que allí estaba su columna, que allí estaba su hombre y su momento. El momento de Beth.

AJ se levantó y le tendió la mano para ayudarla a levantarse. Beth se tambaleó ligeramente por culpa de los tacones y cayó contra él.

—¿Estás bien? No irás a fingir que te desmayas para que me sienta más hombre, ¿verdad? ¿O la culpa es de esa bebida que estabas tomando?

—Son los tacones —replicó Beth. No quería que supiera lo débil que la hacía sentirse. Con aquel hombre se sentía segura.

Beth confiaba en su intuición. Sabía que el único peligro que corría procedía de sus propios nervios. Sara hacía cosas como aquélla constantemente, de modo que también podría hacerlas Em.

Cruzaron el vestíbulo y en cuestión de segundos, estaban en el ascensor que conducía a la habitación de AJ. Los bares de los hoteles eran el mejor lugar para encontrarse si una persona era nerviosa, pensó

Beth. Bastaba decir una sola palabra para encontrarse inmediatamente en el dormitorio. No había tiempo para arrepentirse.

El ascensor subía a toda velocidad. AJ no apartaba los ojos de su cuerpo. Deslizaba las manos por su cintura, tirando del vestido. Y cada centímetro de piel que acariciaba parecía transformarse en un líquido ardiente. Una vez fuera del ascensor, Beth, convertida en gelatina, caminó hasta su habitación, agradeciendo que le rodeara la cintura con el brazo porque era la única manera que tenía de mantenerse erguida.

AJ abrió la puerta de la habitación con la tarjeta y accedieron a su interior. Se trataba de una habitación impersonal y elegante. Una enorme cama la presidía, una enorme cama en la que pronto intimarían. No, se corrigió al instante, Beth hablaría de intimar, pero Em se referiría directamente al sexo.

AJ la condujo a la cama en cuestión, donde Beth se sentó y deslizó nerviosa las manos por la colcha. AJ encendió la lámpara y abrió las persianas, mostrando una vista panorámica de la ciudad iluminada. Se quitó la chaqueta, se acercó a Beth y la hizo levantarse para estrecharla entre sus brazos.

Por un instante, Beth perdió todo su valor. ¿Qué ocurriría si AJ esperaba que fuera particularmente buena en la cama? El bolso había quedado atrapado entre los pechos de ambos y aquello le recordó lo que contenía.

—Eh, tengo preservativos, de tres clases, para que puedas elegir, ultrafinos, estriados y de sabores.

AJ pestañeó sorprendido.

—Supongo que será mejor que elija la dama.

—Oh, claro. Muy bien.

Beth había decidido llegar hasta allí en un arrebato de lujuria, pero de pronto tenía que enfrentarse de nuevo a la evidencia de que eran dos perfectos desconocidos. Lo único que sabía de aquel hombre era que besaba bien.

—Me alegro de que vengas preparada —dijo AJ, en un claro intento de tranquilizarla—. Seguro que mis preservativos están caducados —observó su rostro—. Beth, podemos parar cuando queramos, eres tú la que manda.

—Muy bien —dijo, soltando una temblorosa bocanada de aire—. Ahora tengo que ir al cuarto de baño.

Sobre todo porque necesitaba tranquilizarse, averiguar cómo era posible que hubiera pasado de estar escuchando a Sara mientras ésta describía un orgasmo a encontrarse en la habitación de un hotel con un desconocido con el que estaba a punto de acostarse.

¿Su columna la había vuelto loca? ¿O AJ tenía algo especial? ¿O era Em la que estaba dispuesta a dar aquel paso? Porque Em podía estar todo lo dispuesta que fuera, pero la persona que acababa de entrar en el cuarto de baño no era otra que Beth.

3

«Puedes hacerlo, Beth», se dijo a sí misma, sentada en el borde de la bañera. Y tenía que hacerlo si quería conservar aquel trabajo. La situación no podía ser mejor. AJ era el tipo perfecto para su primera aventura en el mundo salvaje del sexo fácil, un hombre en el que podía confiar y que parecía sentirse muy cómodo consigo mismo. Había sido capaz de notar su inseguridad y había sabido tranquilizarla. Además, no era de la ciudad, de modo que no tenía por qué leer la revista o imaginar que era de él de quien estaban hablando.

AJ era perfecto, sí. El problema era ella. Pero lo único que tenía que hacer era convertirse en Em durante las dos horas siguientes. Con intención de prepararse, sacó la libreta del bolso y anotó algunos comentarios dignos de Em.

Hombros anchos y sonrisa sensual... una forma natural de abordarme: «¿Es tuyo ese bolígrafo?». ¿Qué dijo sobre que la segunda frase era más importante que la primera? Nota: los bares de los hoteles facilitan la transición a un terreno más ín-

timo. Sólo hay que subirse al ascensor para alcanzar la gloria...

Y, sin embargo, allí estaba ella, escondida en el baño y temblando al borde de la bañera.

Tomó aire y lo soltó lentamente. Tenía que ponerse en movimiento. Dios santo. ¿Qué ocurriría si AJ pensaba que se estaba desnudando? ¿Lo encontraría desnudo cuando saliera del cuarto de baño?

Le entraron ganas de llamar a Sara en busca de consejo, pero se reprimió. En el espejo, veía el rostro pálido y los ojos brillantes de una mujer nerviosa. ¿Cómo había podido meterse en aquel lío?

—Beth, ¿estás bien? —le preguntó AJ desde el otro lado de la puerta.

Así era como se había metido en aquel lío. La voz de AJ la hizo derretirse, a pesar de sus miedos.

—Sí, estoy bien.

«Puedes hacerlo», se repitió, «sólo tienes que ser todo lo sensual que puedas». Se colocó el bolso en el hombro, tomó aire de nuevo, fingió una sonrisa y abrió la puerta.

AJ todavía estaba vestido, gracias a Dios, aunque se había quitado los zapatos y los calcetines. Caramba, hasta sus pies le parecían atractivos. AJ le quitó el bolso del hombro y lo dejó en una silla para poder abrazarla. El calor de su abrazo tuvo el mismo efecto en los nervios de Beth que un buen baño caliente.

—Supongo que estoy un poco nerviosa —confesó Beth.

—No pasa nada —contestó él—. Iremos muy despacio. Si quieres, no haremos nada más que besarnos. No habrá presiones de ningún tipo —la besó otra vez y Beth volvió a sentirse como un cubito de hielo derritiéndose en sus brazos.

Era tan fácil estar con él... Si se olvidaba de sí

misma por un instante, Beth realmente podía disfrutar de lo que estaba haciendo. Posó la mano en su espalda, adorando lo ancha y musculosa que era. Sus lenguas se fundían, se exploraban, se acariciaban y danzaban al mismo ritmo, como había ocurrido la vez anterior. Aquello le resultaba familiar. Si las cosas seguían así, sería capaz de hacerlo.

AJ bajó las manos hasta su trasero y la estrechó contra su erección, enviando olas de placer a lo largo de todo su cuerpo. De acuerdo, quizá deberían intentar algo más que los besos.

AJ abandonó su boca sin dejar de estrecharla contra él.

—¿Estás bien? —le preguntó, con la mirada oscurecida por el deseo.

—¿Que si estoy bien? Oh, sí —contestó ella.

Estaba más que bien, de hecho. Le encantaba sentir la erección de AJ contra su vientre. Con Blaine, una erección significaba «ya estoy preparado»; con AJ, parecía estar diciéndole «mira lo que me haces».

AJ volvió a bajar la boca hacia sus labios, aumentando en aquella ocasión la presión de su lengua. Beth abrió la boca todavía más, de la misma forma que quería abrir su cuerpo para él. AJ sabía a whisky y olía a su deliciosa colonia. Beth se preguntó por la textura de su piel, por el aspecto de su pecho... Y también por el aspecto de sus regiones más sureñas.

Besándose de aquella manera, abrazando a AJ mientras éste la abrazaba a ella, aquella habitación tan impersonal parecía de pronto más íntima. En aquel lugar se sentía segura, deseable. Incluso mejor, aquel abrazo parecía borrar los malos recuerdos dejados por Blaine.

Se aseguraría de describir todo aquello en su columna: la magia de la primera vez con el hombre adecuado.

AJ había comenzado a alzar las manos, levantando al hacerlo su vestido y exponiendo sus muslos. Después posó las manos en la parte delantera del vestido para ocuparse de sus senos y su cintura.

El placer fue tan rápido e intenso que Beth tuvo que interrumpir el beso para tomar aire.

—¿He ido demasiado rápido? —preguntó AJ.

Escrutaba su rostro como si Beth fuera una frágil criatura que pudiera salir corriendo o desmayarse en cualquier momento. Pero Beth no quería ser frágil. Quería mostrarse audaz y atrevida.

—No, eres perfecto. Sigue así, por favor.

AJ sonrió y le acarició suavemente los pezones. Éstos se tensaron en respuesta, enviando una corriente eléctrica a lo largo de todo su cuerpo. Ella también tenía que acariciarlo, se dijo, para darle el mismo placer que le estaba brindando a ella. De modo que bajó la mano y lo agarró a través de los pantalones.

Palpó la longitud y la dureza de su erección y pensó por un instante que aquello sería demasiado para ella. Pero AJ tendría cuidado; lo sabía por lo sensible que parecía ser a todas sus reacciones. Haría las cosas lentamente, se aseguraría de que se sintiera cómoda.

Entonces, AJ la sorprendió deslizando la mano hasta su sexo y posando un dedo delicadamente sobre su hendidura. No se confundió en su objetivo y Beth se quedó casi sin respiración. De pronto, su sexo parecía relajado, henchido, ansioso y húmedo al mismo tiempo. Las piernas le temblaban y, por un instante, pensó que iba a desvanecerse como una virgen victoriana.

—Vamos… vamos a la cama —consiguió decir.

AJ dejó de tocarla para mirarla a los ojos.

—¿Estás segura?

Beth asintió.

—Pero cierra los ojos mientras me desnudo.

Era demasiado tímida para hacerlo bajo su mirada.

—No cambies nunca —bromeó AJ, pero cerró los ojos.

Aquello le permitió a Beth observar de nuevo su rostro. Pómulos marcados, intenso bronceado, un brillo dorado en la piel y una boca sensual con una sonrisa de complicidad. Guau. Y aquel hombre estaba a punto de hacer el amor con ella.

—Ahora no mires —le pidió.

—Eres preciosa, Beth.

—Pero hazme caso —contestó Beth.

Se volvió para apagar la luz de la entrada. Definitivamente, se ahorraría aquella parte en la columna.

Se quitó los zapatos, se desabrochó la cremallera del vestido y fue bajándolo lentamente por su cuerpo, desprendiéndose al mismo tiempo de las medias y las bragas. Al final se desabrochó el sujetador y se lo quitó también.

—¿Ya estás lista?

—No, todavía no.

Lo miró cruzando los brazos sobre sus senos desnudos. AJ seguía con los ojos cerrados, pero sonreía.

Beth guardó la ropa interior dentro del vestido, dejó éste al lado del bolso y los zapatos al lado de la silla en la que descansaba el resto de su ropa y comenzó a caminar hacia la cama. Cuando estaba a medio camino, se acordó de que tenía los preservativos en el bolso.

«Nota: antes de que la situación sea demasiado excitante, saca los preservativos del bolso y déjalos discretamente encima de la mesilla de noche».

Beth corrió a buscarlos, los dejó sobre la mesilla de noche, abrió la cama y se deslizó entre las sábanas, tapándose hasta la barbilla. La almohada era deliciosamente suave. Beth encendió la lámpara de la mesilla de noche; la iluminación era muy tenue, sólo lo suficientemente intensa como para que AJ pudiera ver los preservativos, pero no tanto como para revelar cualquiera de sus imperfecciones. Después, posó los brazos sobre las sábanas, a lo largo de su cuerpo.

—Ya puedes mirar.

AJ abrió los ojos.

—Pero me he perdido la mejor parte —caminó hasta la cama sin dejar de mirarla.

—Hay muchas otras partes buenas.

—Claro, pero he perdido la oportunidad de verte desnudarte.

Sin dejar de mirarla, se quitó la camisa sacándosela por encima de la cabeza y la tiró hacia la silla, donde cayó sobre la ropa doblada de Beth como una caricia.

Se desabrochó el cinturón, se bajó la cremallera y se quitó los pantalones rápidamente. Su erección se erguía contra su abdomen, un abdomen liso y ligeramente musculado. Las piernas eran fuertes, daban cuenta de buenas sesiones de ejercicio, y su pecho estaba cubierto por una capa de vello dorado.

Beth suspiró cuando AJ se metió bajo las sábanas y la envolvió en sus brazos, irradiando calor como si fuera una caldera humana. Quizá Sara tuviera razón en lo de la temperatura corporal. Beth extendió las manos sobre su espalda, deleitándose en la presión de su pecho contra sus senos y sintiendo su pene contra su vientre.

—Me haces sentirme tan bien... —dijo AJ, deslizando sus labios por su cuello. La mordisqueó suavemente y la besó—. Quiero verte —anunció, y, antes de que Beth pudiera hacer nada para evitarlo, bajó la sábana hasta su cintura.

Sintiéndose expuesta incluso con aquella luz tan tenue, Beth estuvo a punto de volver a taparse, pero la mirada de adoración de AJ se lo impidió. AJ deslizó la mano por sus senos, con la misma admiración que un geógrafo estudiando en un mapa una tierra añorada, deleitándose en cada centímetro de piel que recorría.

—Estoy deseando acariciarte desde el momento en que te vi.

—¿De verdad? —preguntó Beth.

—Sí, claro que de verdad —bajó la sábana un poco más—. Tienes un cuerpo increíble.

Ningún hombre la había mirado nunca con tanta admiración, como si sus defectos formaran también parte de su encanto.

AJ acarició el borde de su oído con la lengua mientras rozaba con los dedos su vientre y el vello que cubría su sexo.

—Oh... oh... —musitaba Beth, adorando las caricias de su lengua y sorprendida por la gracia y la delicadeza de sus dedos.

Sus terminales nerviosas ardían en lugares de los que hasta entonces no había sido nunca consciente. ¿Sería posible seguir derritiéndose? Empezaba a sospechar que sí. Olas y olas de placer bañaban sus piernas y sus brazos y anegaba su sexo, donde el fuego, la tensión y el deseo se intensificaban hasta hacerse insoportables.

Empujada por aquel deseo incontenible, alargó la mano hacia AJ y envolvió con ella su pene, aterciopelado por fuera y fuerte y resistente por dentro. AJ cerró los ojos y la instó con la mano a presionarlo con fuerza.

Ambos estaban mucho más serios y la farsa de Beth comenzaba a derrumbarse.

—Debería advertirte que a veces, cuando estoy nerviosa no... no soy capaz de llegar, ya me entiendes. Así que es mejor que no me esperes. Disfruta tú todo lo que puedas.

—Esto no es una carrera, Beth —contestó AJ con mirada chispeante.

—Lo sé, pero no quiero decepcionarte.

—No te preocupes, estoy disfrutando cada segundo. ¿Y tú? —deslizó los dedos entre los pliegues de su sexo y buscó el clítoris, enviando una corriente de placer por todo el cuerpo de Beth—. ¿Estás desilusionada?

—No... no —consiguió decir.

—Desde luego, a mí no me lo parece. Estás muy húmeda —comentó, mientras la exploraba delicadamente—, y... tan suave... ¿estás nerviosa?

—Ajá —contestó Beth. Estaba tan excitada que apenas podía hablar—. A veces yo sólo... eh, no importa.

Ya no le importaba su pasado, y tampoco explicarse a sí misma. Lo único que en aquel momento realmente importaba era lo que le estaba haciendo AJ con los dedos.

AJ esbozó una sonrisa lenta. Fue descendiendo con sus besos hasta sus senos y allí tomó uno de sus pezones.

Beth se arqueó, sintiéndose como si cada centímetro de su piel estuviera siendo succionado por aquella caricia.

—Oh, oh, oh —jadeó.

Abrió las piernas instintivamente y AJ incrementó el ritmo de sus dedos a lo largo de los pliegues que cubrían el clítoris, convertido en aquel momento en el centro de todos sus deseos.

Beth quería alargar la mano hacia su pene, conectar de nuevo con su cuerpo, pero la energía que palpitaba en su interior se lo impedía.

AJ soltó sus senos y cambió de postura. Posó las manos en las caderas de Beth y la boca... Oh, Dios, la boca estaba allí, ¡justo allí!

—Dios mío...oh... oh... —¿era ella la que estaba gimiendo? ¿Y acaso le importaba?

AJ resoplaba su aliento cálido contra su sexo, haciendo saltar chispas de los lugares más sensibles de su cuerpo. Llevó la lengua hasta el clítoris, lo suficientemente henchido en aquel momento como para dar la bienvenida a un contacto tan directo. Lo lamió lentamente, lo succionó y saboreó a placer. Beth se mecía contra su boca, presionando sensualmente su lengua, demandando ávidamente más caricias.

Y AJ también parecía disfrutar de lo que estaba haciendo. No sólo la besaba y la acariciaba porque pensaba que era eso lo que Beth deseaba. La besaba y la acariciaba como si estuviera en el interior de su cabeza, como si comprendiera exactamente lo que necesitaba y no deseara otra cosa que ofrecérselo.

Beth pensó que debería detenerlo, hacer algo por él, pero la boca y las manos ardientes de AJ le impedían moverse. Se sentía apreciada y deseada al mismo tiempo. Y el sentimiento se hacía cada vez más intenso, más irresistible. Era como una ola que le resultaba imposible eludir. Gritó el nombre de AJ con otras palabras, posiblemente en una lengua extraña, y AJ intensificó el ritmo de sus movimientos.

Sin ningún esfuerzo, sin ningún tipo de ansiedad, sin ninguna clase de dudas, el clímax la arrastró con una fuerza imparable y natural.

Beth temblaba contra sus labios y gritaba, demasiado quizá para estar en la habitación de un hotel, pero no era capaz de controlarse. Las olas la mecían una y otra vez de tal manera que se sentía como una de aquellas mujeres multiorgásmicas sobre las que había leído algunos artículos. La diferencia era que aquél era un único aunque magnífico e interminable orgasmo.

AJ la abrazó con fuerza. Su lengua había dejado de moverse para limitarse a presionar hasta que Beth dejó de temblar. Después, fue deslizándose lentamente a lo largo de su cuerpo hasta alcanzar su boca.

—Ha sido increíble —jadeó Beth, mientras intentaba enfocar la mirada y recuperar el ritmo normal de la respiración—. Ha sido...

—Divertido —dijo AJ, buscando su rostro—, y me encanta cómo sabes —tenía el pelo revuelto y despeinado, pero continuaba pareciendo infinitamente atractivo y muy complacido consigo mismo—. Creía que habías dicho que podías tener problemas para llegar hasta aquí.

—Y los tengo, cuando estoy nerviosa. Pero, vaya, por un momento, me he olvidado hasta de mi nombre.

—El mío lo has dicho perfectamente. Y me ha gustado oírtelo decir.

—Después de lo que me has hecho, cómo iba a olvidar tu nombre.

—Yo también me lo he pasado muy bien —rió suavemente y la besó.

Beth probó el sabor de su propio cuerpo en sus labios, era un sabor limpio y almizcleño. Los ojos de AJ brillaban con el deseo todavía no saciado. Beth tenía que encontrar una solución para ello, hacer algo tan maravilloso como lo que él había hecho por ella. Pero a ella nunca se le había dado muy bien el sexo oral. O, por lo menos, no creía que se le diera bien.

¿Qué podía hacer entonces para devolverle el favor? En alguna ocasión, había leído que a los hombres les gustaba que las mujeres se colocaran encima. Podía hacer algo así. Giró en la cama, hizo que

AJ se tumbara de espaldas y se colocó a horcajadas sobre él.

—Oh, si insistes —dijo AJ con voz burlona.

Beth alargó la mano hacia la mesilla de noche y tomó un preservativo, pero cuando intentó abrir el envoltorio, se le cayó de entre los dedos y terminó sobre el colchón.

—Permíteme —AJ lo tomó y lo desplegó sobre su sexo con un suave movimiento.

Cuando terminó, Beth se hizo cargo de su miembro y acarició el látex que encerraba su erección.

—Ultrafino, para una mayor sensibilidad —susurró.

—Me encanta oírte decir palabras sucias —bromeó AJ, tumbándose relajadamente mientras ella lo acariciaba.

—Espero que esto te guste todavía más.

Se colocó de manera que el pene de AJ presionara la puerta de su sexo. Estaba tan húmeda que AJ se hundió inmediatamente en su interior, llenándola de tal manera que Beth jadeó.

—Oh, sí —dijo AJ—, esto me gusta más.

Se hundía en su interior despertando un dulce anhelo en ella que le hizo arquear la cabeza hacia atrás, presa de un absoluto placer. Después presionó su clítoris. Era una sensación tan deliciosa...

AJ clavó los dedos en sus caderas.

—Eres maravillosa.

Beth alzó y bajó las caderas a modo de experimento. Se sentía muy torpe moviéndose sobre él de aquella manera... Hasta que AJ soltó sus caderas y posó las manos en sus senos.

Beth se arqueó entonces contra su palma y presionó sus senos hasta tensar la piel que los cubría y hacer que los pezones se irguieran pidiendo acción.

Algo que AJ les ofreció al instante. Presionó los pezones sólo lo suficiente para hacer crecer la excitación.

Beth comenzó a moverse, lentamente al principio, deslizándose sobre su pene al tiempo que dejaba caer el peso de sus senos sobre las manos de AJ.

—Beth —susurró AJ, hundiéndose más profundamente en ella.

Beth aumentó la velocidad de sus movimientos, sintiendo su urgencia y deseando satisfacer su deseo. Lo miró a los ojos, que le decían inconfundiblemente que estaba complaciéndolo.

AJ estaba cerca del orgasmo, Beth lo sabía, y seguía el ritmo de sus embestidas con los movimientos de su propio cuerpo. De pronto, AJ se detuvo un instante y, mirándola a los ojos, posó el dedo pulgar directamente sobre su clítoris. Beth se había concentrado tanto en complacerlo que se había olvidado de su propio orgasmo, al que había estado acercándose felizmente en todo momento. De modo que bastó aquella presión para llevarla inmediatamente al borde del clímax. En cuanto llegó el orgasmo, se meció sobre su amante, temblando violentamente y, cuando estaba a punto de terminar, AJ se vació en su interior.

Beth se derrumbó sobre su pecho, jadeante y sudorosa, pero en absoluto avergonzada de su situación.

—Ha sido magnífico —le susurró AJ al oído.

Beth se levantó y bajó la mirada hacia él.

—Lo sé... —dijo, sintiéndose absolutamente triunfante. Acababa de tener dos orgasmos en sólo unos minutos con un hombre al que apenas conocía.

—¿Hay alguna cosa en la que no seas tan buena? —le preguntó AJ.

—Oh, montones —contestó ella, encantada de que aquel hombre tan increíblemente atractivo pensara que era buena en la cama.

—Estoy deseando que me lo demuestres —dijo AJ—, a no ser que me mates antes.

Beth posó la mejilla en su pecho y él la abrazó con fuerza. Permanecieron así durante varios segundos, con los corazones latiéndoles al unísono. Al cabo de unos minutos, AJ la apartó lentamente para dirigirse al cuarto del baño.

Beth lo esperó en la cama, apoyada sobre un codo y absolutamente emocionada. Se alegraba tanto de haber sido lo bastante atrevida como para aprovechar aquella oportunidad... No sólo había conseguido un material perfecto para su columna, que casi tenía escrita mentalmente, sino que su confianza en sí misma acababa de recibir un fuerte espaldarazo.

AJ volvió a deslizarse entre las sábanas. Ella lo recibió entre sus brazos y enredó sus piernas con las suyas. Quería darle las gracias de alguna manera.

—Esto ha sido muy especial para mí. Tengo que decirte que nunca me había acostado con un hombre en la primera cita y menos con uno con el que he ligado en un bar.

—No me lo puedo creer —dijo AJ burlón.

—¿Tan evidente es?

—Te has encerrado en el baño varios minutos, has estado farfullando algo sobre la selección de preservativos y nada más empezar me has dicho que debería olvidarme de tu orgasmo e intentar alcanzar el mío.

—Eso te ha puesto sobre aviso, ¿eh?

AJ rió suavemente, le colocó un mechón de pelo detrás de la oreja y le acarició la mejilla con el dorso de la mano.

—Eres una mujer muy sensual, Beth. Y si algún hombre te ha hecho sentir lo contrario, es que es un estúpido. Aunque yo, en tu lugar, no alardearía de haber ligado —añadió, guiñándole el ojo—, porque en realidad he sido yo el que ha ligado contigo.

—No señor —respondió Beth con burlona indignación—. He sido yo la que te ha invitado a sentarte a mi mesa. Lo único que has pescado tú ha sido un bolígrafo.

—Pero he insistido —dijo, tumbándola contra la almohada y agarrándola por las muñecas, haciéndola sentirse increíblemente sexy.

—¿Y era yo la que estaba amenazando tu masculinidad? —bromeó.

—No, tú me haces alegrarme de tenerla —la besó suavemente y le soltó las muñecas.

—Ahora estoy hablando en serio. Estaba muy nerviosa y tú has conseguido que todo resultara increíblemente fácil. Como te he dicho antes, llevaba mucho tiempo fuera de la circulación… y tú me has ayudado a volver.

La verdad era que jamás se había sentido así, estuviera dentro o fuera de la circulación. Si pensaba en ello, tenía que admitir que los tres hombres con los que hasta entonces se había acostado no habían mostrado demasiado interés en el sexo. Dan, el chico con el que había salido en la universidad, era virgen, igual que ella. Y aunque Beth había conseguido un libro que podía ayudarlos, él estaba demasiado avergonzado como para admitir su inexperiencia.

Mark era profesor de filosofía, un tipo muy cerebral, y el sexo era una de sus últimas prioridades. Y después estaba Blaine. Blaine había sido muy irregular con el sexo, a veces todo era demasiado rápido y en otras ocasiones estaba demasiado preocupado. ¿Habría elegido Beth inconscientemente hombres que no eran capaces de disfrutar del sexo? O quizá era ella la que debería haberse esforzado más, pero la verdad era que aquel tema la intimidaba.

Qué gran error, comprendía en ese momento. El sexo era mucho más de lo que hasta entonces había pensado. Y qué momento tan perfecto había elegido para averiguarlo. Justo cuando tenía una columna en la que podría compartir todos sus descubrimientos. Incluso en aquel momento, sentía la tentación de meterse en el cuarto de baño y comenzar a escribir, pero en cuanto AJ la acarició, sus pensamientos volaron como flores al viento.

Sus notas podían esperar hasta que AJ hubiera terminado con ella. Y ella hubiera terminado con él, claro. Y quién sabía el tiempo que podía llevarles aquello.

Unas cuantas horas después, Beth descansaba con la mejilla sobre el pecho empapado en sudor de AJ, escuchando los firmes latidos de su corazón. AJ dormitaba, y se había ganado aquel descanso después de haberle proporcionado otra sorprendente serie de orgasmos. Incluso dormido, continuaba abrazándola. Beth se deleitaba en su delicioso olor y saboreaba la sal de su piel con la lengua. Mmm.

Le habría encantado pasar allí la noche, abrazada a aquel hombre, pero no se atrevía. Además, tenía que sacar a pasear a los perros y comenzar a redactar su columna. Y, sobre todo, no quería estropear aquel momento con ninguna clase de conversación. AJ podía tener opiniones muy diferentes a las suyas y quería preservar la magia de aquel momento a toda costa. Para su columna y para ella misma.

Moviéndose con mucho cuidado para no despertarlo, dio media vuelta en la cama y se levantó.

—Eh, no te vayas... —le pidió AJ con voz somnolienta.

—Tengo que marcharme —contestó ella con una sonrisa.

—Volveré dentro de dos semanas —musitó AJ con una voz tan débil que podría haber estado hablando en sueños.

Beth agarró su ropa y se metió en el cuarto de baño para vestirse. Salió andando de puntillas y se detuvo a contemplar a AJ durante unos segundos. Por un instante, estuvo a punto de regresar a la cama y continuar a su lado. Pero no, tenía que marcharse. Sus mascotas y su columna la estaban esperando.

Volvería al cabo de dos semanas, había dicho AJ. Beth se acercó a la mesa y escribió una nota:

Llámame cuando vuelvas a la ciudad.

Añadió su número de teléfono y firmó.

Después se marchó, alejándose por el pasillo todo lo sigilosamente que pudo. Estaba abandonando la habitación de un hombre en medio de la noche, como correspondía a una columnista de *Sexo en la ciudad*, como decidido titular su nueva columna Una vez en el vestíbulo, se despidió del recepcionista con un gesto y salió hacia la noche.

En cuanto llegó a casa, sacó a sus mascotas para que se ocuparan de los asuntos más urgentes y después se sentó frente al ordenador. Fueran las cuatro de la mañana o no, estaba completamente despierta.

Escribiría sobre sexo y utilizaría el mismo tono brioso que empleaba en su columna sobre la vida social en la ciudad, dejando de lado su encierro en el cuarto de baño y su inicial falta de interés por alcanzar el orgasmo. En otras palabras, escribiría una columna al modo de Em.

Además de nuevas copas, vuestra reportera de Sexo en la ciudad ha decidido saborear también un hombre nuevo. De modo que me he acercado a un bar conocido por la modernidad de sus mezclas y por las altas posibilidades de encontrar un compañero de cama, la mejor forma de matar dos pájaros de un tiro. La primera tarea de la noche ha consistido en cuidar de un corazón roto al que he terminado enviando a hacer las paces con su novia. Vuestra siempre servicial Em nunca falla.

Después le echado el ojo a un ejemplar de hombros anchos y sonrisa perezosa en el que me había fijado al volver del servicio. Nota: antes de decidir vuestra ubicación en un bar, chicas, haced un a visita al tocador para calcular los mejores sitios para contemplar a vuestros amiguitos. Ah, y otra nota para los diseñadores: los pasadores de Hello Kitty pueden servir para atraer a un hombre.

Después de una corta conversación con quien a partir de ahora llamaré don Momento Oportuno, comenzó a subir la temperatura, y también nosotros decidimos subir a su habitación.

Nota para los impacientes: los bares de los hoteles facilitan la transición hacia las relaciones más íntimas. Un viajecito en al ascensor y ya estás en la cama.

Las palabras fluían con facilidad y muy pronto Beth estaba leyendo su primer borrador y sonriendo de tal manera que la cara le dolía. Había descrito la primera relación sexual con aquel hombre con todo lujo de detalles pero sin ser excesivamente explícita.

Tenía que conocer la opinión de Will, así que preparó un correo electrónico y envió la columna al ciberespacio. Para cuando llegara a las oficinas de *Phoenix Rising* a las diez de la mañana, Will ya estaría preparado para cantar sus alabanzas.

4

Rafe se despertó y se estiró en la mullida cama del hotel. Echaba algo de menos. Beth. Normalmente le gustaba despertarse solo, sin tener que preocuparse de molestar a su compañera de cama, pero aquella mañana echaba de menos a Beth.

Por supuesto, llevaba una buena temporada sin tener relaciones sexuales y el hambre mejoraba cualquier alimento, pero había algo en la mirada inocente de Beth y en su entusiasmado interés que había convertido aquella experiencia en algo especial.

La noche había sido notable. Beth estaba tan concentrada en cada detalle, en cada movimiento, como si aquello fuera una experiencia novedosa para ella. «¿Esto te gusta? ¿Habías hecho esto con otras mujeres? ¿Por qué de esta manera y no de la otra?». Parecía que estuviera tomando notas de cuanto hacían. Aquello lo hizo sonreír.

No sabía por qué había evitado el sexo últimamente. En realidad, era un pasatiempo divertido. Pero durante el último año y medio aproximadamente, y coincidiendo con su descontento en el trabajo, siempre pensaba que no merecía la pena tanto lío.

Cuando se había visto involucrado en una relación, procuraba que las cosas nunca fueran en serio.

El matrimonio de sus padres había fracasado debido a la resistencia de su padre a los compromisos sentimentales, un rasgo que él creía compartir. De modo que había preferido mantener las relaciones con las mujeres a un nivel superficial.

La vida de periodista implicaba cierta objetividad, una neutralidad que le impedía volcarse en una sola persona o permanecer en un solo lugar. «Siempre» era una eternidad de tiempo.

Conocer a Beth había sido como recibir un jarro de agua fría en pleno rostro. Un agua refrescante e imposible de olvidar. Su encuentro con Beth le había hecho recordar que había pasado demasiado tiempo solo y no había prestado atención a las pequeñas diversiones de la vida.

Beth había reaccionado frente al sexo con el asombro de una niña que probara por primera vez un helado, una reacción que le había parecido muy erótica. Era una mujer dulce, inteligente y sorprendentemente inocente. Una diosa del sexo con muy poca confianza en sí misma.

Pero que había aprendido muy rápidamente.

A Rafe le habría gustado pasar más tiempo con ella, pero Beth se había marchado. Diablos, ni siquiera sabía cómo se apellidaba. Aunque probablemente fuera lo mejor.

Rafe se alegraba de no haberle dicho que había oído la conversación telefónica que había mantenido con su amiga. Lo último que quería era que pensara que se había compadecido de ella por el pasador que llevaba en el pelo y su torpeza con los tacones.

Se levantó hambriento de la cama y fue a buscar el menú del servicio de habitaciones. Comería algo antes de dirigirse a las oficinas de *Phoenix Rising*.

Marcó el número del servicio de habitaciones y se fijó en la libreta que había al lado del teléfono.

Llámame cuando vuelvas a la ciudad.

Beth le había dejado una nota. ¿Le había dicho él que pensaba volver?

Leyó el número de teléfono. El código indicaba que era de una zona diferente a la de las oficinas de la revista. ¿Viviría muy lejos de allí? Quizá pudiera pasarse por su casa antes de volar a San Francisco aquella noche. No. Demasiado entusiasmo, algo impropio de él. Y Beth podía interpretar equivocadamente aquel gesto.

Recordó las manos de Beth sobre su cuerpo, lo suaves que le habían parecido, sus gemidos al alcanzar el orgasmo. Le había encantado sentir sus senos bajo sus manos, tan tiernos y tan firmes al mismo tiempo. Como ella misma. Sus ojos verdes reflejaban profundidad, sensibilidad y cierto dolor. Alguno de los hombres que había estado con ella la había hecho dudar de su propia sexualidad. Esperaba haberla ayudado al menos en eso.

Sí, era preferible no llamarla. De todas formas, se guardó la nota en la cartera.

Sólo por si acaso.

La recepcionista de *Phoenix Rising*, Heather, se tomó su tiempo en hacerle saber a Will que Rafe había llegado; antes se dedicó a coquetear descaradamente con él. Era una mujer atractiva y divertida, con una boca magnífica y salidas ingeniosas, el tipo de mujer con el que a Rafe normalmente le gustaba acostarse, pero le bastaba pensar en ello para sentirse cansado. Quizá fuera por la noche que había pasado con Beth.

Renunció a seguir hablando con Heather para dirigirse hacia el despacho de Will. Tenían que revisar la nueva organización de la revista y el calendario de edición antes de reunirse con la redactora a la que querían cambiarle la columna, la última tarea desagradable antes de regresar a casa.

Will y Rafe concluyeron rápidamente la reunión y mantuvieron una pequeña conversación, hasta que no quedó más asunto que tratar que el posterior encuentro con la periodista. Will se volvió entonces hacia su ordenador y Rafe abrió el portafolios con el historial de Em Samuels, buscando algo que comentar durante su encuentro.

—Vaya, es increíble —dijo Will, desviando la mirada de la pantalla para mirar a Rafe—. Tienes que leer esto —estaba saliendo ya una página de papel de la impresora—. Es la última columna de Em.

Se titulaba *Sexo en la ciudad. Probando cócteles y hombres nuevos.*

Rafe comenzó a leer unas cuantas líneas; las frases parecían saltar del papel hasta su rostro. *Tutti-Frutti Martooti… el bolígrafo de la camarera… la temperatura subía y también nosotros subimos en el ascensor a su habitación.*

Oh, Dios santo, aquella diosa del sexo con la que había hecho el amor la tarde anterior no era otra que Em Samuels. Miró el nombre que figuraba en el historial de la periodista: *Elizabeth Mary Samuels*. Y «Beth» era el diminutivo de Elizabeth. Reconoció el prefijo de su teléfono. Era el mismo que el del teléfono que llevaba guardado en la cartera. Beth era Em Samuels.

—¿Estás bien? —le preguntó Will.

—Sí, claro, sólo estaba revisando unas notas.

Miró su currículum. La literatura técnica figuraba en la lista de sus trabajos, de modo que no le había mentido cuando le había dicho a qué se dedicaba, pero no le había dicho toda la verdad. Recordó con pesar las palabras de Beth: «¿Te importa que te haga algunas preguntas? Llevo mucho tiempo fuera de la circulación». Dios santo, durante todo el tiempo que habían pasado en la cama, Beth había estado trabajando para la revista.

—¿Qué te parece? —preguntó Will—. Creo que ha conseguido lo que buscabas.

—Tiene potencial —consiguió decir.

—No tenía la menor idea de que fuera capaz de algo así —musitó Will—. Es tan tímida y reservada... La típica mujer que se refugia en sus gatos. Aunque en este caso, tiene perros también.

Mientras Will mostraba su entusiasmo por aquella columna, Rafe se atormentaba por la enormidad de lo ocurrido. Se había acostado con una de las redactoras de la revista. Con una a la que estaba a punto de despedir, bueno, mejor dicho, de cambiar de destino. No tenía ninguna manera de saber qué aspecto tenía aquella mujer, en su columna no figuraba ninguna fotografía. Y ella tampoco lo conocía a él.

Se había presentado como AJ, el nombre que utilizaban sus amigos, aunque en el trabajo todo el mundo lo llamaba Rafe, y le había dicho que era un «experto en transiciones». Rafe odiaba hablar de *Man's Man* y de los procesos de absorción de nuevas revistas, de modo que tendía a ahorrarse cualquier tipo de detalle sobre su trabajo.

Su mente corría a toda velocidad. Beth estaría allí de un minuto a otro. No habían fijado una cita, de modo que en realidad no sabía que iba a verse con él. Will no había querido asustarla.

¿Se creería Beth que de verdad no sabía quién

era? ¿Pensaría que la había engañado intencionadamente para acostarse con ella?

—Rafe, ¿estás bien?

—Claro. Sólo estaba pensando en la columna —bajó la mirada hacia el papel. Los números se borraban ante sus ojos.

—¿Te parece que podemos darle la oportunidad de conservar la columna? —preguntó Will.

—Probablemente. Déjame hacer una llamada rápida —sacó el teléfono móvil y se dirigió hacia la puerta, como si necesitara privacidad cuando, lo que en realidad necesitaba, era tiempo para pensar.

Desde el pasillo, podía oír la voz ronca y sensual que horas antes había gritado su nombre. Beth estaba en el escritorio de recepción, hablando con Heather. Rafe no quería encontrarse con ella hasta que no hubiera decidido lo que iba a decir, así que se dirigió hacia la salida de incendios y bajó por las escaleras los dieciséis pisos que lo separaban de la planta baja.

Llamó a Will desde su coche alquilado para explicarle que había tenido que marcharse y le pidió que enviara la columna de Em a *Man's Man*. Una vez allí, consideraría si debía o no ser publicada.

La columna era buena, de eso no cabía duda, pero quería evitar cualquier encuentro con Beth, de modo que le comunicaría su decisión por correo electrónico. Según Will, Beth rara vez se pasaba por la revista y Rafe sólo iba por Phoenix una o dos veces al mes.

Cualquier explicación generaría dudas. Beth podía acusarlo de haberla acosado sexualmente o de cualquier otra cosa. Si la noticia llegaba a otros trabajadores de la revista, aumentaría la tensión entre él y los empleados y destrozaría cualquier posibilidad de ganarse su respeto.

Sin embargo, Beth le había parecido una mujer sensata. Quizá pudiera hablar con ella. Al fin y al cabo, se había tratado de un error. La había oído comentar por teléfono que quería tener relaciones sexuales y se había sentido intrigado.

Sí, claro. Pero cualquiera que tuviera un ápice de escepticismo en su alma sospecharía de una coincidencia como aquélla. Ni siquiera Beth, con lo dulce e inocente que parecía, se tragaría una cosa así.

En el avión, leyó la columna más detenidamente.

No hay nada tan perfecto como un hombre que conoce el cuerpo de una mujer. Advertencia para los hombres: si os tomáis vuestro tiempo en hacer las cosas bien, recibiréis íntimas recompensas y compañeras de cama completamente entregadas.

Rafe alzó la mirada avergonzado. Se sentía como si fuera un mirón contemplándose a sí mismo. Se aclaró la garganta, se movió en el asiento y continuó leyendo:

Un hombre que acaricia un vientre de carnes trémulas como si fuera algo bello, que te besa como si no hubiera nada que deseara más que pasar la noche acariciando tus labios... vaya, eso es mucho mejor que el mejor de los vinos.

Mirándolo todo desde cierta distancia, tenía que reconocer que Beth había hecho un buen trabajo. Había sabido capturar la esencia de la noche que habían compartido, aunque había pasado por alto sus propios nervios. La persona que escribía, Em, era más confiada que la propia Beth.

El hecho de que Beth hubiera ocultado sus intenciones lo hacía sentirse menos culpable por haberla engañado.

Por otra parte, ¿qué se suponía que podría haberle dicho Beth? «¿Sabes, AJ, estoy escribiendo un artículo sobre todo esto para una revista con una tirada de quince mil ejemplares».

Sonrió. No lo molestaba verse reflejado en aquella columna. No aparecía su nombre y todo lo que decía sobre él era halagador.

Si leía aquella columna como responsable de la revista, tenía que reconocer que aportaba frescura, resultaba llamativa y altamente erótica. Phoenix no era un lugar tan saturado de publicaciones eróticas como Nueva York, Los Ángeles o San Francisco, de modo que quizá su tono encajara con el nuevo *Phoenix Rising*. Will tenía razón. Beth se merecía una oportunidad.

De modo que enviaría la columna a *Man's Man* para asegurarse de que el hecho de haberse acostado con su autora no le había nublado el juicio, enviaría un correo comunicando su decisión y continuaría manteniendo en secreto su verdadera identidad.

Pero no podría volver a acostarse con ella. Porque una cosa era un error y otra fingir deliberadamente que era otra persona.

Dos días después, Rafe repasaba el correo electrónico que había redactado con un cuidado exquisito.

Estimada señora Samuels:

Le escribe Rafe Jarvis, de Man's Man. Will me encomendó que le comunicara las noticias que tuviera sobre su columna. Creemos que su perspectiva resulta refrescante y estamos de acuerdo en que los lectores de Phoenix la sabrán apreciar. Nos gustaría asignarle tres columnas más. Si estamos satisfechos con su trabajo y la respuesta de los lec-

tores es positiva, ampliaremos nuestra colaboración en el futuro.

Permítame felicitarla por su capacidad para adaptarse a los cambios que se han producido en la revista. Si tiene alguna pregunta, puede comunicarse conmigo a través de mi correo electrónico.

Sinceramente suyo,

Rafe Jarvis

No pudo resistir la tentación de incluir un comentario de índole más personal.

PD: como escritora de gran talento que ha demostrado ser, tiene usted la capacidad de darle a las cosas más normales un aspecto refrescante. Gracias por compartir su punto de vista con los lectores de Phoenix Rising. Y conmigo.

Cuando una hora más tarde revisó su correo electrónico y descubrió un mensaje enviado por Samuels, sintió un latigazo en el estómago. Lo abrió de inmediato.

Señor Jarvis:

Me alegro de que haya disfrutado de mi columna. Y sí, creo que he sabido atrapar una verdadera experiencia. Fue todo un desafío, pero conté con la ayuda de don Momento Oportuno, como supongo habrá imaginado. Espero ser capaz de continuar escribiendo una columna que informe, entretenga e intrigue a mis lectoras que, por cierto, han sido muy fieles hasta este momento. Gracias por ofrecerme esta oportunidad. No lo decepcionaré.

Se despide, con sus mejores deseos,

Em Samuels

PD: me siento en la obligación de decirle que sus observaciones significan mucho para mí. La perspectiva de un hombre tiene un valor incalculable en mi trabajo.

Rafe sonrió al leer el comentario sobre lo mucho que sus lectoras apreciaban su anterior columna. Beth era toda una profesional, de eso estaba seguro. ¿Pero qué diría si supiera que estaba escribiendo a don Momento Oportuno en persona?

Antes de pararse a pensar en ello, se descubrió a sí mismo escribiendo:

Em:

Me alegro de haber podido ayudarte. Si puedo ser una fuente de información desde una perspectiva masculina, estaría encantado de seguir ayudándola. Si hay algo de lo que sepamos en Man's Man es sobre la perspectiva de un hombre.

A Beth le costaba creer la magnífica reacción del responsable de *Man's Man* hacia su columna. Y lo mejor de todo era que le había ofrecido otras tres columnas para demostrar su valía. Se sentía con fuerzas para afrontar el desafío, aunque quizá fuera porque AJ estaría en la ciudad en dos semanas y quizá pudiera proporcionarle el material que necesitaba. Ya había pensado hasta en el título: *Segundas citas. ¿Mejores que las primeras?*

Aunque quizá AJ no la llamara.

¿Pero después de la noche que habían compartido no iba a llamarla? AJ incluso le había pedido que no se fuera de su cama. Y de una cosa estaba segura, más allá de lo que AJ fuera como amante, era un hombre que decía exactamente lo que quería. Y había dejado muy claro que la deseaba.

Quizá el empezar manteniendo relaciones sexuales fuera la mejor forma de conectar realmente con otra persona, en vez de dejarse confundir por el intelecto o los intereses compartidos, como había hecho con Blaine. Blaine la había querido, de eso estaba segura, pero al final, había terminado dejándola.

Tenía que haber sido por culpa del dinero. ¿Por qué se lo habría quitado? Blaine nunca le había pedido que invirtiera en su proyecto. De hecho, cuando en alguna ocasión había insinuado aquella posibilidad, Blaine había insistido en que prefería mantenerla al margen de sus asuntos. Pensar en todo lo ocurrido le provocaba hasta dolor de estómago. Su intuición le había jugado una mala pasada.

Pero su intuición no se había equivocado con AJ, de eso estaba segura. Habían disfrutado de una magnífica noche de sexo y volverían a disfrutar cuando él regresara.

—Tienes que salir conmigo —decía Beth desesperada dos semanas después de haber comenzado a planificar su segunda cita.

—Tú no quieres salir conmigo —contestó Sara, tomando un regaliz rojo de la bandeja de golosinas que Beth había preparado.

Beth había diseñado una especie de sol. Los regalices eran los rayos que rodeaban una montañita de pastillas de chocolate. Aquella mujer era capaz de convertir hasta la más simple golosina en un festín.

—Sí, claro que quiero que vengas conmigo. Tengo que escribir una columna y no tengo un solo hombre sobre el que hacerla.

Al final, AJ no la había llamado, lo que había vuelto a generarle dudas sobre su intuición. Había dedicado todo aquel tiempo a preparar aquella fallida segunda cita y ya sólo le faltaba una semana para entregar la columna, que tenía que ser tan buena o mejor que la primera.

—Vamos, en ese local nuevo, el Zoo Suit, va a tocar un grupo de Los Ángeles. Puedes venir con Rick.

—¿Quieres ir con una pareja? No has aprendido nada de todo lo que te he enseñado, Pequeña Saltamontes. Es muy difícil ligar cuando se va en grupo.

—¿Ves? Para eso te necesito, para que me orientes.

—Los conciertos son fáciles. Sólo tienes que sonreír, establecer contacto visual con algún hombre y moverte como si estuvieras loca por salir a bailar. Seguro que te sacan a bailar.

—Puedo intentarlo... supongo.

—Por supuesto que puedes. La primera vez que lo intentaste, encontraste a AJ. Estás absolutamente preparada.

—Quizá lo esté Em, pero no Beth. Beth preferiría quedarse en casa viendo una película de Rock Hudson y Doris Day.

—Mentirosa.

—Pero no va a ser tan perfecto como lo fue con AJ. Y estaba segura de que iba a volver a llamarme.

—A veces no llaman. Pero también es posible que haya cancelado el viaje.

—O que haya perdido mi número de teléfono.

—O a lo mejor es uno de esos tipos acostumbrados a decir siempre lo que creen que está deseando escuchar el otro. Apuesto a que hicieron lo mismo con sus madres: «claro que puedo limpiar el garaje, mamá», «no, jamás conduzco si he bebido». Cuando lo dicen, están siendo sinceros, pero un hombre no piensa nunca más allá del presente. No se les ocurre pensar que esperamos de verdad que nos llamen y que nos duele que no lo hagan. Ellos piensan que si sus planes han cambiado, también pueden haber cambiado los nuestros. No te lo tomes como algo personal.

—No me lo estoy tomando como nada personal. Además, siempre puedo conocer a otro AJ.

—Exacto.

—Y a lo mejor puedo escribir un artículo sobre las segundas citas frustradas. Puedo entrevistar a mujeres que expliquen lo que han hecho cuando un tipo dice que va a volver a llamarlas y no lo hace.

—¿Comer regaliz y galletas, por ejemplo? —Sara señaló a su amiga con la galleta que acababa de tomar.

Beth tomó un puñado de pastillas de chocolate.

—¿Qué hacen las mujeres cuando se frustra una segunda cita, aparte de comer chocolate?

—Lo primero que hago yo es dejar algún mensaje de teléfono en tono alegre, «diviértete, dame un toque cuando tengas tiempo», algo así. Los correos electrónicos también funcionan.

—Una buena sugerencia, pero ¿y si el tipo sigue sin llamar?

—En ese caso, lo que tienes que hacer es salir en busca de otro. Así que vete al Zoo Suit e intenta conocer a alguien nuevo.

—Sí, supongo que tendré que hacerlo. Quiero conservar mi columna, y también mis lectoras quieren que la conserve. Mira el correo que me han enviado —se levantó para leerle a Sara:

Querida Em:

Tu última columna me ha demostrado que ser tímida no es un obstáculo para salir con un hombre. Hay hombres buenos y amables. Me has dado nuevas esperanzas. Gracias, muchas gracias.

Una Virgen

—Ahí lo tienes —dijo Sara—. Lo que tienes que hacer es salir y acostarte con alguien en nombre de todas las vírgenes de Phoenix.

—Oh, ya basta —golpeó suavemente a su amiga con un regaliz. Regaliz que procedió a comerse con aire pensativo—. Entonces, ¿dices que lo único que tengo que hacer es fingir que estoy muy interesada en la música?

—Sí, te dejaré esa falda de picos que tanto te gusta. Con ella enseñas parte de tus piernas, pero no lo suficiente como para hacerte parecer una fulana.

—De acuerdo, no quiero parecer una fulana, sólo quiero comportarme como si lo fuera.

—Tienes derecho a acostarte con cualquier hombre que te apetezca. Lo único que tienes que hacer es usar la discreción, el gusto, tu capacidad para juzgar a las personas y disfrutar de un sexo seguro.

Justo antes de que Sara pudiera darle otro consejo, sonó el teléfono. Sara, que estaba más cerca del auricular, alargó la mano hacia él, saludó y elevó los ojos al cielo.

—Es tu hermano —dijo, tendiéndole a Beth el teléfono.

—Hola, Timmy —dijo Beth, renunciando a la última esperanza de que fuera AJ el que llamara.

—Quería preguntarte si has hablado con ese cliente de Thompson Manufacturing sobre la apertura de puertas automáticas para mascotas.

—Sí, hablé con él —Beth suspiró—, ha dicho que tienes que presentar un prototipo. Las posibilidades de que lo hagas son bastante remotas, así que no creo que debas hacerte muchas ilusiones.

Timmy tenía ideas magníficas, pero tendía a obsesionarse con ellas y a olvidarse de los pasos prácticos para llevarlas a cabo. Mientras tanto, conseguía toda clase de trabajos de media jornada y dedicaba la mayor parte de su tiempo a ayudar a sus amigos con sus trabajos y proyectos.

—Me lo imaginaba —contestó sombrío—. Pero

necesito dinero para los materiales y Julio no puede pagarme este mes.

—Si Julio no puede pagarte, deja de trabajar para él —contestó Beth exasperada.

—Está moviéndose mucho. Ya ha conseguido algunas fiestas en las que serviremos nosotros. Todo saldrá bien, no te preocupes.

Oyó una sirena a través del teléfono.

—¿Dónde estás? —le preguntó a su hermano.

—En un taller. La camioneta, bueno, ha tenido una avería y estoy esperando a que me cambien el alternador.

—Creía que ya lo habías cambiado —de hecho, le había dado dinero para que lo hiciera.

Vio que Sara elevaba los ojos al cielo. Sara pensaba que Timmy era un bicho raro. Sólo tenía veintidós años y la desaparición de su padre lo había dejado sin ninguna clase de modelo masculino. Beth se consolaba diciéndose que su abuelo, también un soñador, había conseguido ganarse muy bien la vida con uno de sus inventos, un motor ligero que utilizaban todas las sillas de ruedas del mundo. Algún día, esperaba que también Timmy tuviera suerte.

—Sal me dijo que podía conservar el otro durante algún tiempo. James tuvo un problema en el coche, así que le presté el dinero.

—¿Quién es James?

—Ya sabes, ese amigo que montó un negocio de jardinería, al que estuve ayudando en un centro turístico.

Por el que apenas le había pagado.

—Sí, ya me acuerdo. Mira, Timmy, no tienes por qué acudir siempre al rescate de todas las personas que conozcas.

—James me está devolviendo el dinero, no te preocupes.

Beth resopló exasperada. En aquel momento,

cuando temía perder su columna, la ineptitud de su hermano para las finanzas la preocupaba más que nunca.

—Así que escucha, odio tener que pedírtelo, pero ¿podrías prestarme tu coche un par de horas? Estaba haciendo el reparto de la tienda.

—De acuerdo —contestó.

—Te prometo que te pagaré la gasolina y te devolveré el favor.

Desde que Blaine la había dejado, Timmy siempre le prometía hacer algo para recompensarla. Para él, la marcha de Blaine había sido un golpe muy duro, porque ambos habían llegado a ser amigos.

—Ya me lo pagarás cuando puedas. Lo único que quiero ahora es que intentes ser previsor —terminó la conversación y colgó el teléfono. Después, alzó la mano ante la mirada crítica de Sara—. Está intentándolo. Cada vez es más previsor.

—Corta esa cuerda, Beth, es lo único que te digo.

—Es mi hermano, Sara —y lo ayudaría hasta que dejara de necesitarlo.

5

Al final, Beth ayudó a Timmy a terminar el reparto y fue con él a cenar a casa de su madre. Cuando llegaron, se encontraron al casero subido a una escalera, ajustando los tornillos del aparato de aire acondicionado. La sabrosa fragancia del pastel de carne de su madre inundaba el ambiente.

George bajó de la escalera, se limpió las manos en los vaqueros y les estrechó la mano. Era un hombre de pelo plateado y aspecto distinguido. Llevaba unas gafas de montura moderna, un polo y unos vaqueros sobre su cuerpo delgado.

—Beth, cariño.

Mientras su madre la abrazaba, Beth distinguió la fragancia a Chanel Nº 5 y sonrió.

—El señor Nichols ha insistido en cambiar el filtro del aparato de aire acondicionado y no me deja pagárselo.

—Es un filtro que me sobraba y soy tu casero. Y llámame George, Helen.

—Acordamos que yo me haría cargo de las reparaciones. Y te aseguro que puedo pagar los filtros del aire acondicionado —el rubor teñía las mejillas de Helen.

—Para mí no supone ningún problema tampoco y me alegro de poder ayudar —George también le sonrió.

—Por el olor, yo diría que el pastel de carne ya está hecho —dijo Tim.

—Está a punto —contestó la madre de Beth.

—¿Te gustaría quedarte a cenar, George? —preguntó Beth, encantada con la idea.

—Sí, quédate —añadió Timmy. Él también animaba a su madre a hacer vida social.

—Estoy seguro de que George tiene otros plantes —dijo Helen, fulminando a sus hijos con la mirada.

George sonrió.

—Pues la verdad es que… —vio algo en el rostro de Helen que le hizo cambiar su respuesta—, quizá otra noche. Supongo que tendréis cosas de las que hablar.

—Claro —contestó Helen—, en otra ocasión, quizá. Y gracias por todo.

George se acercó a la puerta.

—Si surge algún problema, avísame.

—No hará falta. Timmy es capaz de arreglar cualquier cosa.

En cuanto su madre cerró la puerta tras el casero, Beth le preguntó:

—¿A qué ha venido todo eso? Podía haberse quedado a cenar.

—Sólo tenemos pastel de carne. Y ese hombre me pone nerviosa.

—Tu pastel de carne es el mejor —dijo Timmy.

—Le gustas —dijo Beth—. Y lo has echado de casa como si fuera una enfermedad contagiosa —vio entonces que George se había dejado la llave inglesa encima de la mesa. La tomó y abrió la puerta rápidamente. Atrapó a George al final del pasillo—. No sé que le pasa a mi madre —se disculpó—, normalmente es una persona muy amable.

—Supongo que la pongo nerviosa —contestó George.

—Pero no renuncies. Y gracias por la ayuda.

—Francamente, estaría dispuesto a cruzar descalzo la ciudad si tu madre necesitara que le abriera un bote de cristal. Háblale bien de mí, ¿de acuerdo?

—Por supuesto —le gustaba George. Y también a su madre, a juzgar por su rubor.

Cuando volvió a casa, encontró a su madre en la cocina, sacando el pastel de carne del horno.

—Dale una oportunidad, mamá. Deberías intentar conocerlo mejor.

—Cuando llego a casa, me apetece tener tiempo para mí misma, no dedicarme a hacer relaciones sociales. Aplasta las patatas para el puré, ¿quieres?

—Es un buen tipo.

Pero eso no iba a servir de nada. Su madre era muy recelosa con los hombres desde que su padre se había marchado a California y había decidido no regresar. Ni escribir. Ni llamar. Cuando había quedado claro que los había abandonado, su madre se había metido en la cama durante lo que a Beth le había parecido una eternidad, aunque probablemente sólo habían sido unas cuantas semanas.

Beth, que por aquel entonces tenía solamente siete años, se había hecho cargo de las labores de la casa y de la mayor parte del cuidado de Timmy, de sólo dos años. Durante aquel tiempo, se habían alimentado de sándwiches y de sopas de sobre, que preparaba siguiendo las instrucciones que su madre le daba desde la cama.

Con el tiempo, Helen había superado la depresión, pero el miedo había continuado reflejándose en su mirada.

Helen trabajaba como secretaria a tiempo parcial en una escuela elemental y con su salario y un modesto fondo de inversiones conseguido gracias al invento del abuelo de Beth se las arreglaba bastante bien. Beth la ayudaba cuando surgía alguna emergencia y Timmy hacía lo que podía cuando conseguía que le pagaran algún trabajo.

—No necesito a ningún hombre para que mi vida sea completa —dijo su madre en aquel momento.

—Quizá no, pero George tiene una lancha y a ti te encanta pescar, mamá.

—No voy a salir con un hombre para poder utilizar su lancha, Tim. Y ahora, hablemos de otra cosa.

—Está aburrido —dijo Tim—, busca cualquier excusa para poder pasarse por casa. El pobre hombre es sólo un casero que está intentando matar todo el tiempo que tiene libre.

—¿Cómo lo sabes? —le preguntó su madre.

—Hemos estado hablando. George conoce a un abogado experto en patentes y va a ponerme en contacto con él.

—Ahora mismo no estoy interesada en salir con nadie, así que doy el tema por cerrado —advirtió Helen—. Y ahora, hablemos de ti, Beth, y de tu nueva columna. Estoy orgullosa de ti —le pasó el brazo por los hombros—. Pareces estar al tanto de todo lo... relacionado con las citas.

Se refería al sexo. Su madre jamás mencionaría aquella palabra, pero no la escandalizaba en absoluto la columna que tenía que escribir su hija. Desde que Beth tenía diez años, madre e hija habían sido auténticas amigas.

—Me alegro de que por fin haya salido del cascarón —comentó Beth.

—Blaine era un canalla —musitó Timmy mientras colocaba los platos en la mesa.

—¿Podríamos intentar no despotricar contra Blaine esta noche? —dijo Beth. Recordar lo ocurrido no la ayudaba en absoluto—. Después de la cena, me gustaría ver lo que has hecho con esa puerta para las mascotas.

—Es un invento magnífico. Creo que esta vez va a conseguir algo verdaderamente importante. Me gustaría poder meterle mano a los fondos de la casa para ayudarlo a financiar el prototipo, Beth.

—No puedes hacer eso, mamá —contestó Timmy—, ésos son tus ahorros y no pienso hacer uso de ellos. En cuanto Julio me pague, podré comprar algunos materiales.

Y si ella conservaba su columna, quizá también pudiera ayudarlo. Eso significaba que necesitaba un tema explosivo para su columna... y eso implicaba que tenía que pasar una noche explosiva con alguien. Y lo conseguiría. Saldría tal como Sara le había dicho, se metería el cepillo de dientes y los preservativos en el bolso y lo conseguiría.

El viernes por la mañana, se suponía que Beth tenía que estar terminando de redactar las instrucciones de un cobertizo portátil, pero no podía dejar de pensar en su próxima aventura. Y al abrir el correo electrónico, descubrió los mensajes que Will le reenviaba de sus admiradores y otro escrito por Rafe Jarvis. Abrió este último con el corazón latiéndole violentamente en el pecho.

Em:
Espero impaciente tu próxima columna. ¿Qué tal va?

Resultaba difícil decirlo, pero, por supuesto, jamás

se lo confesaría a Rafe Jarvis. Para él, ella era Em, una mujer de mundo, y no una pobre pavisosa que apenas podía sostenerse sobre sus tacones mientras esperaba a que un hombre la sacara a bailar.

Ha venido un grupo nuevo a la ciudad. Es una pena que don Momento Oportuno no haya vuelto a llamar. Pero, en fin, estoy deseando conocer a algún otro hombre que sepa moverse. ¡Deséame suerte!

Un tono frívolo y confiado. Tenía que fingir para engañar a su editor. Envió el mensaje.

Rafe le contestó enseguida.

Es extraño.Es posible que le haya ocurrido algo para no aparecer.

¿Rafe Jarvis la compadecía?, Beth decidió tomárselo a broma.

Oh, de modo que es así como esto funciona.Ahora resulta que lo defiendes.¿A eso se le llama solidaridad entre hombres?

Rafe envió su respuesta inmediatamente.

Me has pillado. ¿Te gustaría que nos conectáramos en chat?

Podía ser agradable. Así que Jarvis quería chatear. En cuestión de segundos, lo estaban haciendo.

—*Supongo que habrá cambiado de planes*... tecleó.

Inmediatamente, se dio cuenta de que podía hacer uso de los conocimientos de Rafe sobre los hombres, así que le preguntó:

—Como tú eres mi fuente oficial sobre comportamientos masculinos, me gustaría hacerte una pregunta: ¿los hombres suelen querer una segunda cita?

—Los normales sí, por lo menos si han disfrutado, y estoy convencido de que tu amigo disfrutó, eso puedo garantizártelo.

—Estás intentando halagarme.

—En absoluto. No olvides que he leído tu columna. Y me jugaría mi cromosoma Y a que si don Momento Oportuno pudiera estar allí el sábado por la noche, estaría.

—Gracias.

Vaya, no podía estar segura, pero tenía la sensación de que Rafe estaba coqueteando con ella.

Heather le había dicho que era un hombre de unos treinta y cinco años, de aspecto duro y facciones perfectamente cinceladas. Beth se había encontrado con ella, que vivía a dos bloques de distancia, cuando estaba paseando a sus perros. También le había hablado del día que había ido a la revista, y de cómo había desaparecido de repente, como si quisiera demostrarle a todo el mundo que era un hombre ocupado e importante. Pero aun así, insistía en que tenía un lado amable.

Y Beth estaba convencida de ello. Se inclinó hacia delante, empujando involuntariamente a Ditzy, que se levantó de forma brusca, haciéndole presionar accidentalmente el teclado.

—Lo siento, es que uno de mis perros me ha empujado.

—Así que tienes perros. Em no me parecía una persona amante de las mascotas.

—Em tiene una faceta muy hogareña.

—Eso quiere decir que eres una mujer muy completa.

—Gracias.

No quería que Rafe se sintiera obligado a mantener aquella conversación, de modo que añadió:

—Creo que debería dejar que volvieras al trabajo.

Se produjo una larga pausa. Por un momento, Beth temió haber sobrepasado su relación profesional.

—Supongo que se ha convertido en algo rutinario, escribió por fin Rafe.

—Reuniones, informes, recepciones, sesiones de estrategia y más reuniones. Es aburrido.

—¿Qué preferirías estar haciendo?

—Antes me dedicaba al periodismo de investigación. Y, lo creas o no, lo echo mucho de menos.

—¿No podrías escribir algún reportaje para alguna de tus revistas?

—No es tan sencillo como parece, siempre tendría que dejar a alguien en la estacada.

—Entonces escribe como freelance, quizá encuentres a alguien que te publique. Yo vivo del dinero que gano como escritora técnica y escribo la columna porque me gusta.

—Es posible que lo haga cuando las cosas se tranquilicen un poco. Dentro de poco tengo que ir a Denver para iniciar otro proceso de absorción.

—Espero que la plantilla de Denver no sufra recortes.

—Siempre hago todo lo que puedo para salvar los puestos de trabajo.

—Yo no puedo quejarme, me diste la oportunidad de conservar una columna y no sabes cuánto te lo agradezco.

—Eres buena en tu trabajo, Em.

Aquel cumplido hizo sonreír a Beth.

—Tú también, si no, no estarías donde estás.

—No estoy muy seguro. Siento haberme desahogado contigo. Normalmente, no hago ese tipo de cosas.

—En ese caso, me siento muy halagada.

Y también ligeramente incómoda por estar manteniendo una conversación tan personal con su jefe. Sin embargo, el intercambio había sido fluido, como si fueran amigos que se conocieran desde hacía tiempo, no sólo colegas.

—Mi columna me llama y será mejor que vayas a esa reunión.

—Tienes razón, pero déjame decirte algo: apostaría cualquier cosa a que don Momento Oportuno está lamentando en este mismo momento no poder estar contigo.

El sábado por la mañana, la despertó el teléfono muy temprano.

—¿Diga? —consiguió decir somnolienta, se aclaró la garganta y miró el despertador.

Las seis y media.

—¿Te he despertado? Soy AJ.

—¿AJ? —Beth se sentó inmediatamente en la cama—. No, no, estoy despierta —o por lo menos lo estaba en aquel momento.

—Escucha, tengo que volver a la ciudad y me preguntaba si estarías libre esta noche. Sé que te aviso con muy poco tiempo, pero el otro día lo pasé tan bien...

—Yo también —contestó rápidamente, sin detenerse siquiera a considerar los planes que tenía para aquel día—. ¿Te gusta bailar? Porque esta noche toca un grupo nuevo en la ciudad y necesito una pareja —contuvo la respiración y cruzó los dedos.

—No bailo mal. Los fuertes brazos de mi madre me introdujeron en el mundo del baile cuando estaba en el instituto. Me decía que a las chicas les encantaba bailar.

—Y tenía razón.

—Sí, con el tiempo me he dado cuenta. ¿Paso a buscarte a las siete y media?

—Perfecto —le dijo. Le explicó cómo podía llegar a su casa.

—Entonces, hasta esta noche —se despidió AJ en cuanto terminó de darle las instrucciones. Se interrumpió un instante y le dijo más serio—: Siento no haberte llamado para decirte que había cambiado de planes.

—Me has llamado ahora —contestó Beth, alegrándose de poder mostrarse tan natural—, no hace falta que te disculpes.

—Muy bien —contestó AJ, suspirando de alivio—, estoy deseando verte —añadió con voz ronca. Beth casi podía sentir el calor de su aliento.

—Yo también —contestó, estremecida de placer. La había llamado justo a tiempo. Casi como si le hubiera leído el pensamiento. O como si hubiera leído el correo que le había enviado a Rafe. Aquella noche, contaría con la compañía de un hombre al que conocía y además podría utilizar aquella segunda cita. Iba a poder escribir sobre las secuelas de una aventura. ¡Yupiii!

Rafe desconectó el teléfono y se frotó los ojos, que le escocían como si hubiera estado en medio de una tormenta de arena. Estaba en la zona de alquiler de coches del aeropuerto de Phoenix y había tenido que cancelar todos los planes que tenía para aquel fin de semana, pero había merecido la pena con tal de ver a Beth otra vez.

Sí, exacto, sólo quería verla otra vez. No pretendía controlar sus movimientos más allá de eso. El amistoso intercambio de mensajes no había sido en absoluto apropiado, pero diablos, había sido divertido. A través del ordenador, Beth se mostraba como la confiada y atrevida Em, pero él también conocía a la Beth nerviosa y tímida. Se había acostado con ella, la había hecho gritar de placer, la había llevado al clímax.

Comenzó a sentir un intenso anhelo bajo el cinturón. Estaba loco por verla. Habían coqueteado un poco en el chat, ¿pero qué había de malo en ello? Las insinuaciones eran constantes entre los trabajadores de *Man's Man*. Aunque, en el caso de Em, ella no era una de las redactoras de la oficina, sino una nueva adquisición con la que lo prioritario era establecer una relación profesional. Definitivamente, no había sido un movimiento muy inteligente.

Y quedar con ella era incluso peor. Él sólo quería tener otra oportunidad de perderse en aquellos ojos verdes, disfrutar de otra noche de sexo y volar de nuevo hacia la puesta de sol. Le diría que los negocios lo llevaban hasta el otro extremo del país y fin de la historia. Una despedida limpia y bonita. Adiós para siempre.

¿Pero qué ocurriría en el caso de que pusiera a Beth al tanto de todo lo ocurrido? ¿Podrían reírse como amigos? No, estando Beth en una situación profesional tan delicada. Él solía acostarse con mujeres que no esperaban de él nada más de lo que podía darles: su atención, su cuerpo y un buen rato. Pero Beth querría más. Estaba seguro.

Aun así, una noche más no le haría ningún daño a nadie. De esa forma, le confirmaría lo atractiva que era, le proporcionaría material para otra columna y podría despedirse de ella. Tendría que volver a Phoenix en un par de ocasiones más, pero si el proceso continuaba como hasta entonces, pronto desaparecería de la vida de Beth para siempre.

6

Beth intentó desahogar los nervios previos a la cita concentrándose en las tareas domésticas. Quitó el polvo, pasó la aspiradora, cambió de sitio el sofá, cortó flores frescas para todas las habitaciones, limpió los cristales y bañó a los perros.

Le había pedido consejo a Sara, que le había aconsejado que se mostrara cariñosa, pero no excesivamente entusiasta y, sobre todo, que las cosas parecieran sencillas. Las complicaciones asustaban a los hombres, había dicho.

Por la tarde, Beth fue a comprarse una blusa blanca para ponérsela con la falda de gasa que Sara le había prestado y decidió derrochar un poco en un pasador para poder devolverle el de Hello Kitty a su vecina.

Después, se dirigió a comprar un vino que combinara con los entremeses que había preparado y, para las siete y cuarto, estaba completamente preparada. El ambiente estaba cargado de la romántica fragancia de las velas mezclado con el olor a limón, ajo y hierbas de los aperitivos griegos que había preparado. Y bajo aquellos olores, podría distinguirse también el de las flores que había repartido por toda la casa. La música que había elegido era un disco de jazz recomendado en una reseña de *Phoenix Rising*.

Se superó a sí misma en el dormitorio, donde colocó su correspondiente ración de velas, además de unas sábanas de satén de color rosa, y dejó preparada una cubeta para el vino y los preservativos sobre un cuenco.

En lo relativo al sexo, Sara le había aconsejado mostrarse tentadora y excitante. «Que haya ocurrido una vez no quiere decir que vaya a ocurrir dos. Los hombres son románticos cuando tienen que trabajárselo. Si cuentan de antemano con ello, la cosa puede ser muy aburrida».

Sobre eso, Beth iría viendo lo que quería hacer sobre la marcha. Mientras esperaba a AJ, estaba tan ansiosa que se imaginaba arrojándose a sus brazos, tirándolo sobre la alfombra y desgarrándole la ropa. Y ella misma estaba sorprendida. Quería sexo. Se había olvidado de eufemismos como «relaciones íntimas». Era un sentimiento nuevo en ella, un sentimiento crudo y salvaje. Por fin comprendía por qué se le daba tanta importancia al sexo.

Cuando sonó el timbre de la puerta, los perros comenzaron a ladrar y se agolparon en la entrada.

—Tranquilos —intentó sosegarlos Beth y abrió la puerta a AJ, que apareció devastadoramente atractivo con una camisa de seda estilo años cuarenta y unos pantalones que se abrazaban a sus caderas, recordándole a Beth la forma perfecta de su cuerpo desnudo.

—Estás preciosa —dijo AJ, recorriendo su cuerpo con la mirada.

Dos perros enormes lo rodearon y Ditzy se deslizó entre sus piernas, pero AJ sólo parecía tener ojos para ella.

Sostenía en la mano una bolsa que contenía, entre otras cosas, una botella de vino. ¿Debería abrazarlo?, se preguntó Beth. Afortunadamente, AJ decidió por ella, abrazándola con un brazo y dándole un beso de una forma tan natural que Beth se olvidó de que no siempre tenía que haber sexo en la segunda cita. Estaba convencida de que aquella noche iban a terminar en la cama. De hecho, como el beso se prolongara, iban a acostarse inmediatamente.

AJ apartó el brazo y le ofreció la botella.

—No tenías por qué haber traído nada —le dijo, mirando el interior de la bolsa.

AJ sacó la botella y ella un CD y un paquete de galletas para perros.

—¿Cómo sabías que tenía perros? —le preguntó desconcertada.

AJ palideció un instante. ¿Se avergonzaría de ser tan considerado?, se preguntó Beth.

—Yo... los oí ladrar cuando hablamos por teléfono —y añadió precipitadamente—: El disco es de Dan Hicks y los Hot Licks, un clásico del swing. He pensado que podríamos practicar antes de salir.

—Me encantaría. Y muchas gracias por los regalos. No tenías que haber traído nada. Bastaba con que vinieras tú.

—Ha sido un placer —contestó AJ, dejando la botella de vino en la mesa.

Tomó las galletas para perro y se inclinó hacia los animales.

—¿Cómo se llaman?

—Éste es Boomer —le explicó Beth, agarrándolo por el collar.

AJ palmeó al animal y le dio una galleta, después dejó que Spud le olfateara la mano.

—Es un perro muy raro —comentó AJ, tendiéndole otra galleta.

—¿No querrás decir que es el perro más feo que has visto en tu vida? Eso es lo que piensa casi todo el mundo. Es un Chinese Crested —era un perro calvo, excepto por el mechón de pelo que tenía en la cabeza y sobre los ojos saltones.

—Pero tiene una gran personalidad, ¿verdad? —dijo AJ, acariciándole la cabeza.

Spud cerró los ojos extasiado.

—Lo abandonaron en mi veterinario y nadie quería un perro tan… especial.

—¿Así que te lo quedaste tú?

—¿Cómo no iba a quedármelo? Tenía la autoestima por los suelos —advirtió que Ditzy estaba comenzando a dar vueltas sobre sus dos patas traseras—. ¿Te importaría aplaudir a Ditzy? Es capaz de seguir dando vueltas hasta vomitar.

AJ arqueó las cejas y aplaudió. Ditzy volvió a ponerse a cuatro patas y AJ le tendió una galleta.

—Ditzy trabajaba en un circo.

—Así que tu casa es una especie de refugio para animales.

—Más o menos —asintió y señaló hacia los gatos, que los miraban desde el arco que daba a la cocina—. Un amigo mío se fue a Europa y me pidió que me quedara con Frick y con Frack.

—No sabía que existían. Lo siento. No... los oí por teléfono —era evidente que había algo que lo inquietaba—. Como ya te he dicho, estás preciosa.

—La falda me la ha prestado una amiga. Es ideal para bailar.

—Y también para acariciar —deslizó la mano por su cadera con un gesto de posesión que hizo arder a Beth desde la cabeza hasta las puntas de los pies. Después, la estrechó contra él para para poder enredar los dedos en su pelo—. ¿Y dónde está el pasador del gatito?

—He pensado que éste era más espectacular.

—El gatito te pega más. Sin embargo, me gusta poder verte el cuello.

Le besó la curva del cuello, enviando una corriente de fuego por todo su cuerpo. Después buscó su boca. En aquella ocasión, el beso fue tan largo y maravilloso que, si no hubiera tenido que escribir una columna, Beth habría renunciado a todo y se lo hubiera llevado directamente a la cama.

—He preparado algo de comer —dijo, separándose de AJ con desgana—. ¿Por qué no pasas a probarlo?

—Ya he probado todo lo que me apetecía. Vuelve aquí.

Beth soltó una carcajada, pero continuó dirigiéndose hacia el cuarto de estar. AJ la siguió, se colocó tras ella y le besó el cuello mientras Beth tomaba con mano temblorosa las fuentes. Se había esforzado en preparar todo aquello, maldita fuera, e iban a disfrutarlo.

—Toma —colocó una fuente entre ellos.

—De acuerdo —AJ sacudió la cabeza, se sentó en una silla y miró a su alrededor—. Tienes un casa muy bonita, Beth.

—Gracias —contestó Beth. Siguió el curso de su mirada, complacida por la acogedora habitación que tenían ante ellos.

—Es como tú —dijo AJ, y le sonrió.

—¿Cómo es tu casa?

—Tengo una casa en el puerto, muy sencilla, con grandes ventanales y unas vistas magníficas.

—San Francisco es una ciudad maravillosa.

—Sí, aunque últimamente no he podido disfrutarla. He tenido que viajar mucho.

—Es una pena. ¿Y cómo va tu trabajo, por cierto?

—Todo lo bien que cabría esperar —volvió a mostrarse receloso y tomó un aperitivo envuelto en hoja de parra—. ¿Esto lo has hecho tú? Está delicioso —era evidente que estaba cambiando de tema.

—No, lo he comprado. Prueba también esto —le tendió un triángulo de pasta relleno y lo sostuvo contra su boca.

AJ le tomó la mano y mordisqueó con cuidado, rozando con la lengua sus dedos y sosteniéndole en todo momento la mirada.

Beth cerró los ojos, deleitándose en el calor y la humedad de su lengua. No podía evitar pensar en los rincones que recorrería esa lengua esa misma noche.

AJ le soltó la mano y Beth abrió los ojos. Lo descubrió sonriendo perezosamente.

—Cerca de mi casa hay una tienda de comida oriental en la que suelo comprar comida preparada para llevarme a casa. A partir de ahora, cada vez que vaya, pensaré en ti —dijo AJ.

—¿No cocinas?

—De vez en cuando. Cuando tengo compañía.

Compañía femenina, sin duda alguna. Pero Beth no quería pensar en las mujeres que podía haber en su vida.

El ruido de los collares les hizo girar la cabeza. Se volvieron y vieron a los tres perros alineados, pendientes de cada movimiento de AJ.

—¿Puedo darles algo? —preguntó AJ.

Beth asintió y AJ partió un pastel de espinacas en tres partes y les dio un pedazo a cada uno.

—¿Tienes alguna mascota? —le preguntó Beth, encantada con la atención que les estaba prestando a los animales.

—Tenía un perro labrador cuando era pequeño. Pero ahora me parecería injusto tener un perro. Paso mucho tiempo fuera de casa.

—Una mascota siempre hace compañía. Podría

cuidártela algún amigo o algún vecino cuando estás fuera.

—Apenas conozco a mis vecinos.

—Pues es una pena.

AJ se encogió de hombros.

—Me gusta mi vida tal como es.

—Pero tendrás amigos con los que salir, ¿no?

—Claro. Jugamos al squash y salimos a tomar cerveza después del trabajo. No estarás preocupándote por mí, ¿verdad? Porque si es así, por favor, no lo hagas. Vivo estupendamente —su rostro se tensó ligeramente.

«No te acerques demasiado», era la misma advertencia que había leído en sus ojos la noche que se habían conocido. AJ era un hombre amable, pero mantenía a los demás a cierta distancia.

—Eh, nos estamos poniendo demasiado serios —dijo AJ—. ¿Por qué no ponemos ese CD? Veamos si soy lo suficientemente bueno como para que me lleves a bailar —se levantó, la hizo levantarse y la besó suavemente.

AJ sabía a menta, a limón y a especias, y el beso fue maravilloso, pero no consiguió borrarle a Beth la certeza de que era un hombre solitario.

Al sentirla vacilar, AJ interrumpió el beso, se reclinó en la silla y la miró.

—Estoy bien, Beth, no necesito un perro, ni un buen amigo, ni vecinos a los que pedir una taza de azúcar cuando me falta. Ésa eres tú, yo no soy así. Y esta noche tenemos que disfrutar juntos, ¿te acuerdas?

—Claro, por supuesto.

Sus preguntas lo habían hecho sentirse incómodo. Había hecho justo aquello contra lo que Sara le había advertido, «los hombres odian las complicaciones», le había dicho. Debería intentar cambiar de conducta.

—¿Por qué no pones un poco de música mientras retiro la comida? —dijo, y se levantó rápidamente.

Rafe desenvolvió el CD mientras observaba a Beth llevar aquel elaborado despliegue desde el comedor a la cocina, deleitándose en las curvas de su espalda y en la rapidez de sus movimientos, en su energía.

Parecía estar intentando arreglarle la vida, le había preguntado por su casa, por la comida, incluso había querido saber si se encontraba solo. Rafe lo encontraba encantador, pero también inquietante. Beth estaba intentando conocerlo, algo que no tenía ningún sentido teniendo en cuenta los límites de su relación.

Él había contribuido a crear la ilusión de que podía prolongarse en el tiempo al comportarse como si aquello fuera una verdadera cita, la cita de alguien que podía ofrecer a Beth mucho más de lo que él nunca podría llegar a ofrecerle. Deberían haber quedado en el hotel. Era mucho más fácil, un terreno mucho más neutral.

Aun así, no se arrepentía de haberla visto en su propio ambiente. Allí Beth estaba mucho más relajada. Y le gustaba verla deslizarse de habitación en habitación, meciendo las caderas de esa forma tan seductora de la que parecía completamente inconsciente. Beth era toda inocencia y absoluta eficiencia.

AJ puso el disco de Dan Hicks y observó a Beth caminando hacia él con una sonrisa en el rostro.

Al infierno. Se alegraba tanto de verla que aquél no era momento para preocuparse por el futuro. Entrelazó los dedos con los de Beth y comenzó a moverse a ritmo del swing. Beth respondía perfectamente, era tan buena pareja de baile como de cama. Algo que no lo sorprendió.

Y tampoco su forma de concentrarse, como si estuviera intentando no cometer ningún error.

—Lo estás haciendo muy bien, lo único que tienes que hacer es relajarte.

La acercó a su pecho y le hizo alzar las manos para que giraran con las manos unidas, después la acercó a él y se alejó de nuevo.

Beth rió y eso lo hizo feliz. AJ le enseñó unos cuantos pasos más y al final de la canción, disfrutó viendo la expresión de sorpresa de Beth.

La siguiente canción era lenta, así que la estrechó contra su pecho y la besó en el cuello, deleitándose en el sabor salado de su piel y en la fragancia de su perfume, dulce y sabroso, como la mujer que lo llevaba.

—Tengo que reconocer que tu madre no perdió el tiempo en las clases de baile. Dale las gracias de mi parte.

—Lo haré —contestó AJ, sintiendo una punzada al pensar en ello.

—¿He dicho algo malo? —preguntó Beth, advirtiendo su tensión.

—No, es sólo que mi madre y yo no hablamos mucho últimamente —la meció, disfrutando al sentir el peso de su mano sobre la suya y el roce de su cuerpo.

—¿De verdad? ¿Y tu padre? ¿Hablas más con él?

—Menos todavía, mis padres están divorciados.

—Lo siento, ¿y la ruptura ha sido reciente?

—Dios mío, no. Se divorciaron cuando yo estaba en la universidad. Hace ya quince años.

—Aun así, debe de ser muy duro —continuaron bailando en silencio durante varios segundos.

—Era algo que se veía venir —intentó cambiar de tema. La preocupación que reflejaban los ojos de Beth lo hacía sentirse incómodo—. ¿Y tus padres? ¿Están felizmente casados?

—No. Mi padre nos dejó hace veinte años, cuando yo sólo tenía siete.

—Eso sí que es duro —contestó AJ, deteniéndose para darle un beso en la frente.

—Terminamos acostumbrándonos —sonrió—. Al principio esperábamos que apareciera algún día, cargado de regalos y contándonos que lo habían secuestrado, o que había estado navegando en un barco mercante, pero no. Mi madre cree que se sentía demasiado culpable.

—Mi padre nunca debería haberse casado. No estaba preparado para el matrimonio. Mi madre solía decir que era un castillo al que le faltaba el puente sobre el foso para acceder a él. Por supuesto, el problema fue que mi madre esperaba demasiado de él.

—A mí me gustaría haber conocido a mi padre. Por suerte, mi hermano sólo tenía dos años cuando se fue, así que en realidad no lo ha echado mucho de menos. ¿Ves a tus padres a menudo?

—A veces, cuando estoy de vacaciones. Mi madre vive en Chicago y mi padre en Nueva York.

—Lo siento. Mi madre, mi hermano y yo estamos muy unidos —su mirada estaba cargada de compasión.

Aquella mujer había crecido sin padres y, sin embargo, parecía más preocupada por su distanciamiento de la familia que por su propia pérdida. Era muy dulce por su parte, aunque le estaba haciendo sentir un extraño nudo en la garganta.

—¿Tu hermano vive con tu madre? —preguntó, intentando reorientar la conversación.

—Sólo tiene veintidós años y le hace compañía a mi madre.

—¿A qué se dedica?

—Ésa sí que es una pregunta interesante. En realidad es inventor, pero se dedica a hacer trabajos mal remunerados, esperando que llegue el día en el que pueda vender algo. Es un hombre de grandes ideas —sonrió.

—No pareces estar muy segura.

—Es muy buena persona, y generoso con sus amigos, pero descuida un poco los detalles. ¿Pero qué puedo decir yo de él? Al fin y al cabo, es mi hermano.

—Claro. Es una suerte que estés tan unida a tu familia.

Tanto Beth como él habían compartido un difícil pasado familiar, pero habían reaccionado de formas completamente opuestas. Ella se había aferrado a su familia y él había aprendido a distanciarse de ella.

Imaginó a Beth de niña, esperando cada día la llegada de su padre y la emoción le hizo abrazarla con fuerza, como si quisiera consolarla de alguna manera, aunque Beth no se lo había pedido y, probablemente, ni siquiera lo necesitara. Aquel sentimiento era tan peculiar que se obligó a concentrarse en el cuerpo de Beth, en la tensión sexual que había entre ellos.

—¿Estás segura de que no quieres prescindir del baile? —le preguntó.

Beth necesitaba ir a bailar para poder escribir su columna, AJ era consciente de ello, pero en aquel momento, sólo la deseaba a ella. Desnuda.

—Es muy tentador —susurró Beth, mirándolo con los ojos empañados por el deseo—, pero sería una pena desperdiciar tantas lecciones de baile.

—De acuerdo, pero el camino hasta el coche va a ser muy doloroso —dijo AJ, inclinándose hacia delante, como si le doliera su erección.

—Cuánto lo siento —contestó Beth en un tono con el que daba a entender que no lo sentía en absoluto—. Voy a buscar el bolso. ¿Quieres que te traiga un poco de hielo?

—No, no, ya me las arreglaré como pueda —la observó marcharse, pensando que probablemente aquella cita había sido un terrible error.

Pero cuando Beth regresó con el bolso en el brazo, los labios pintados y los ojos brillantes de emoción, todas sus dudas desaparecieron.

Beth les advirtió a sus perros que se portaran bien, le pidió disculpas a AJ por hablar con ellos como si fueran humanos y después se dirigió con él hasta la acera en la que había aparcado el coche alquilado.

—¡Un descapotable! —exclamó con los ojos abiertos como platos—. No había montado en un descapotable desde que estaba en el colegio.

Antes de que AJ pudiera abrirle la puerta, la abrió ella y se sentó contoneándose de una forma absolutamente sensual y tentadora.

—Y hace un tiempo ideal para un descapotable.

AJ puso el coche en marcha y, una vez en la carretera, la miró. El viento azotaba su pelo, pero parecía feliz.

—¿Te da demasiado el viento?

—¿Y a quién le importa? —contestó ella, reclinándose en el asiento con los ojos cerrados— Me gusta respirar la primavera.

AJ olfateó.

—No está mal, excepto por los humos.

—No les hagas caso. Concéntrate en el olor a mescalina y a ajo que sale de los restaurantes, el olor a creosota del desierto, el de las flores de los naranjos y el del pan horneándose. Sí, creo que hay una panadería cerca de aquí.

AJ sonrió y volvió a olfatear. No era capaz de distinguir mucho más allá del olor a gasolina y a humo. Pero al parecer, Beth tenía un olfato increíble.

Comprendió entonces que hacía mucho tiempo que vivía ignorando el mundo. Se había olvidado de todo lo que lo rodeaba. Había alquilado aquel coche para impresionar a Beth, no por el placer de conducir con la cabeza al aire, como le gustaba hacer cuando era más joven. Cuando llegaron a un semáforo, se volvió hacia ella.

—Gracias —le dijo.

—¿Por qué?

—Por ser tú. Por estar tan interesada en todo.

Le acarició la rodilla a través de la falda con lo que pretendía ser un gesto amistoso, pero en cuanto sintió la firmeza de su pierna, acudió a su mente la imagen de Beth rodeándolo con las piernas mientras él se movía dentro de ella.

Excitado por aquel recuerdo, deslizó la mano por debajo de la falda.

Beth emitió un pequeño sonido, su pierna tembló. AJ la miró a la cara; sólo le estaba acariciando la rodilla, pero parecía a punto de llegar al clímax. Si no hubieran ido en un coche descapotable, Rafe habría continuado acariciándola hasta provocarle un orgasmo. Experimentó una oleada de impaciencia. Tenía la sensación de que iba a pasar una eternidad hasta que pudiera estar desnudo dentro de ella.

¿Cuánto tiempo había pasado desde la última vez que había sentido algo parecido a aquel deseo más desesperado que el hambre o la sed? Cuando era mucho, mucho más joven, de eso estaba seguro. Había algo en Beth que lo hacía regresar al pasado.

Estar con ella se parecía tanto a la primera vez...

El semáforo cambió y Rafe aceleró, rompiendo la intensidad del momento. Estuvieron charlando durante el resto del camino. Hablaron sobre música, cine y política... Cuando los temas de conversación se adentraron en un terreno más personal, Rafe condujo la conversación hacia la vida de Beth, evitando hablar de la suya. Hablaron de su madre y de la generosidad de su hermano hacia sus amigos. Beth hablaba muy bien de aquel joven, pero Rafe percibía su frustración. Después, Beth le echó un sermón sobre la conveniencia de que hablara más con sus padres y olvidara los malos recuerdos. La familia era importante, le dijo. Aquello lo hizo sonreír. Beth parecía estar intentando solucionarle la vida.

Por mutuo y silencioso acuerdo, evitaron el tema de las relaciones sentimentales y Rafe se alegró. No quería saber nada sobre los hombres que había habido en su vida, y menos todavía sobre aquél que la había hecho sentirse tan mal como amante. Y, desde luego, tampoco quería hablar de su récord en relaciones rápidas.

Estaban tan entretenidos hablando que, cuando quisieron darse cuenta, habían dejado el local quinientos metros atrás.

Rafe retrocedió hacia el aparcamiento. El letrero de neón iluminaba el rostro de Beth y sus ojos resplandecientes. Estaba emocionada, feliz, ilusionada. Y cada palabra que salía de sus dulces labios, cada una de sus miradas, intensificaba su deseo de ella.

¿Pero qué ocurriría si Beth esperaba algo más de lo que él nunca podría darle? Le había dicho que no le debía ninguna disculpa por haber cambiado de planes en el último momento, parecía conformarse con estar con él. Pero Rafe debería asegurarse de que comprendiera sus límites, de que no se hiciera una idea equivocada de su relación.

Podría decirle quién era realmente él y eso les daría mucho más tiempo.

Pero también podría arruinarlo todo, hacerle cuestionarse a Beth lo que hasta entonces habían compartido.

Además, él era el hombre perfecto para su columna. A muchos los molestaría ver aparecer su vida sexual en una revista y, seguramente, otros tantos intentarían sacar provecho de ello.

De modo que también la estaba ayudando desde una perspectiva profesional y, además, lo estaban pasando muy bien. Cuando lo creyera oportuno, le diría que le había surgido trabajo en el este y la prepararía para la despedida final. Y también tendría que prepararse él. Y era desagradablemente consciente de que dejar a Beth no iba a resultarle fácil.

7

Beth intentaba concentrarse en todos los detalles de aquel nuevo local para poder informar posteriormente a sus lectoras. Algo que no resultaba en absoluto fácil con las oleadas de calor que bañaban su cuerpo cada vez que miraba a AJ o éste la acariciaba. Aun así, consiguió reunir algunos datos y se metió en el cuarto de baño para apuntarlos en su libreta.

Cócteles de los años cuarenta, decoración tropical. Servicio lento. Asientos decentes, pista de baile espaciosa…

Cuando terminó, guardó la libreta en el bolso y salió del cuarto de baño justo en el momento en el que el grupo estaba empezando a tocar una pieza rápida. Vio a AJ dirigiéndose hacia ella con una sonrisa, preguntándole con la mirada. Se encontraron en el centro de la pista de baile y AJ la hizo girar, haciendo volar los volantes de la falda.

La timidez comenzaba a convertirse en una amenaza para Beth, pero AJ la estrechó en sus brazos y susurró:

—Ahora mismo, soy la envidia de todos los hombres que hay en esta sala. Relájate y vamos a demostrarles cómo se baila.

Así que Beth se dejó llevar por el ritmo de la música y por AJ, que le infundía confianza deslizando las manos por sus caderas, agarrándola por la cintura y haciéndola girar entre sus brazos, mostrándose siempre protector y posesivo, desplazándola hacia donde quería que estuviera, y todo ello, acoplándose perfectamente a la música.

Los focos y las luces en movimiento constituían un exuberante entorno para sensaciones más íntimas, como la fragancia a colonia de AJ, la textura sedosa de su camisa, la presión de su pecho contra el suyo, el roce de sus muslos o la caricia de su mirada.

Beth perdió el equilibrio un instante, pero AJ la estrechó contra su cuerpo. De pronto, Beth se descubrió a sólo unos milímetros de su rostro y se sumió en una deliciosa sensación de vértigo. Era como estar girando en un tiovivo.

Bailando con AJ, sentía el placer de su propio cuerpo. Los músculos de sus pantorrillas se endurecían, los muslos se tensaban, las caderas se mecían y el sexo se le henchía de una forma que le resultaba casi vergonzosa. ¿Se darían cuenta los demás de lo excitada que estaba?

El baile siempre había estado cargado de sensualidad, era una suerte de ritual humano para la sexualidad, pero nunca lo había sentido con tanta intensidad como en los brazos de AJ, mientras los acordes del jazz hacían palpitar su cuerpo. El saxo gemía, los tambores palpitaban como un corazón desbocado. Le parecía tan evidente que incluso le extrañaba que la gente no se tirara al suelo a hacer el amor y renunciara a seguir fingiendo.

Un hombre que sabía bailar siempre resultaba sexy; el hecho de que supiera bailar implicaba que conocía su cuerpo. Y también el de su pareja. Debería tomar nota al respecto.

El grupo comenzó a tocar una canción lenta. AJ la estrechó entre sus brazos y fijó la mirada en sus ojos, diciéndole sin necesidad de palabras lo mucho que la deseaba. Beth deslizó las caderas contra su sexo, queriéndole mostrar su propio deseo. Eran un solo cuerpo moviéndose al ritmo de la música. Si por lo menos pudiera deslizar los dedos bajo su camisa para sentir la fuerza de sus músculos, empapados en sudor por el baile... O si él pudiera meter la mano bajo la falda para acariciarle el final de la espalda...

—¿Qué piensas? —preguntó AJ, interrumpiendo sus eróticas reflexiones.

—¿Qué crees que estoy pensando?

—Si estás pensando en lo que creo, podrían detenernos en cualquier momento.

Beth soltó una carcajada y lo besó en el cuello.

—Exactamente.

—¿Ya has visto todo lo que tenías que ver en este lugar? Porque como no nos vayamos pronto, voy a empezar a hacer el amor contigo aquí mismo, y no creo que después nos dejen quedarnos en la misma celda.

—Casi —le susurró Beth al oído, adorando sentir la insistente presión de su sexo contra su vientre—. Vamos a tomar una copa y descansemos un poco —retrasar el momento lo haría todavía más delicioso.

Una vez en la mesa, pidieron sus copas. AJ movió la silla para estar lo más cerca posible de Beth.

—Dios mío, estás preciosa —le susurró.

—Estoy hecha un desastre —contestó ella, colocándose un mechón de pelo tras la oreja.

AJ le tomó la mano para detenerla.

—A mí me gustas así. Estás guapísima. Sonrojada, sudorosa y con el pelo revuelto.

Mientras hablaba, comenzó a quitarle las horquillas una a una, con mucho cuidado. Era casi como si estuviera desnudándola. Y cuando le hubo quitado todas, la melena de Beth cayó sobre sus hombros como el roce de un cálido aliento, haciéndolo jadear de placer.

—Así estás mucho mejor —susurró AJ, hundiendo los dedos en su pelo. Posó la mano en su mejilla y deslizó el pulgar sobre sus labios.

Beth le besó el pulgar y lo acarició con la lengua.

—Si no paras pronto, vas a ponerme en una situación muy embarazosa.

—Me gusta que me hables así, me haces sentirme muy sexy.

—Eres una mujer muy sexy, Beth. Y no creo que haya un solo hombre de los que están aquí que no lo sepa.

Beth rió encantada con el curso que estaban tomando los acontecimientos. Antes de que pudiera decírselo a AJ, llegó la camarera con su ginebra con tónica y el whisky de AJ. Bebieron lentamente, mirándose a través de los vasos. Beth comentó:

—Me alegro de que tengamos toda la noche por delante. ¿Podríamos tener quizá todo el fin de semana?

AJ se tensó al oírla y la distancia de sus ojos se profundizó.

—Sólo tengo esta noche, Beth, lo siento. Tengo que regresar mañana.

—Oh, claro, no te preocupes —contestó Beth, avergonzada por haber dado por sentado que podría dedicarle más tiempo y por la desilusión que, estaba segura, se reflejaba en sus ojos.

—Me gustaría poder quedarme, Beth, de verdad. Yo sólo…

—No te preocupes. Ésta era una visita rápida, ya lo sabía. A lo mejor la próxima vez…

—Mira, Beth —AJ parecía sentirse completamente atrapado—. Después de esto, tendré que viajar a la costa este durante un período de tiempo indefinido.

—De acuerdo, pero…

—Y no volveré —añadió AJ rápidamente.

El dolor le sacudió las entrañas, pero sabiendo que no tenía derecho a sentirlo, Beth se obligó a sonreír.

—No tienes por qué tenerme al corriente de tus planes, AJ. No te lo he pedido.

—Sólo quiero ser claro. No quiero que esperes… bueno, ya sabes.

La miraba con expresión culpable y compasiva al mismo tiempo. Y Beth lo odiaba. Ella sólo había hablado de la posibilidad de pasar juntos el fin de semana, no de una posible boda.

—Por el amor de Dios, sabes que no tienes por qué darme explicaciones.

Se concentró en guardar las horquillas en el bolso para ocultar el dolor y la irritación.

Pero AJ la detuvo tomándole las manos.

—Cuando estoy contigo, a mí también me gustaría que pudiéramos pasar más tiempo juntos, pero la cuestión es que… yo no soy hombre de relaciones estables. Tienes que saberlo, y yo tengo que recordármelo.

Beth consiguió sonreír, agradecida por su explicación y por su sinceridad.

—Pues entonces, disfrutemos del tiempo que nos queda.

—Estupendo, magnífica idea —AJ suspiró aliviado.

Qué dolor. Mientras AJ respiraba aliviado ella sentía

la inmensa tristeza de saber que no volvería a verlo. Intentando distraerse, dio un largo trago a su copa.

—¿Tienes sed? —preguntó AJ, ansioso por cambiar de tema—. Puedo ir a buscarte una botella de agua para que no tengas que beber tan rápido.

—Sí, gracias.

Agradeció que el local estuviera abarrotado de gente, porque de esa forma, tendría tiempo para recuperar la calma. Había ido allí con el fin de obtener material para su columna y de disfrutar de un poco de diversión, pero, al fin y al cabo, aquélla no era una verdadera relación. Y, sin embargo, el saber que pronto iba a terminar le provocaba un frío desagradable en su interior.

Afortunadamente, el grupo comenzó a tocar y no pudo evitar comenzar a moverse en su asiento al ritmo de la música. Un hombre situado al borde de la pista de baile atrapó su mirada. Beth le sonrió y desvió la mirada, para descubrir a otro hombre que la miraba con expresión de aprobación.

Qué ironía. Seguro que si hubiera ido sola, aquello no estaría ocurriéndolo. Tendría que averiguar la manera de conservar aquella confianza en sí misma y de dosificarla para cuando la necesitara. Para cuando AJ se marchara.

—¿Quieres bailar?

Sorprendida, alzó la mirada y descubrió al primer hombre al que había visto mirándola.

—Oh, he venido con un amigo —contestó—, pero gracias de todas formas.

Él se encogió de hombros.

—Es una canción magnífica.

Y era cierto. Era una canción rápida y divertida, con un ligero aire de salsa. Y, al fin y al cabo, ella no era propiedad de AJ. De hecho, antes de que pudiera darse cuenta, estaría fuera de su vida y de su corazón.

—Claro, ¿por qué no? —se levantó.

Aquel hombre era más delgado que AJ y no la llevaba con tanta firmeza, pero también era un gran bailarín. Beth se esforzaba para seguirle el paso, pero él le sonrió, como si quisiera indicarle que no se preocupara por sus fallos y siguió bailando. Cuando terminó la canción, la estrechó ligeramente contra ella para darle las gracias por el baile. Ella le devolvió las gracias y regresó a la mesa, donde AJ la estaba mirando con el ceño fruncido.

—¿Qué ocurre? —le preguntó.

—¿Ese tipo ha intentado aprovecharse de ti?

—En absoluto.

—Porque no tienes por qué soportarlo.

—Ha sido muy amable —lo miró desconcertada por su tono de voz, hasta que se dio cuenta de lo que estaba ocurriendo—. ¿Estás celoso, AJ?

—Por supuesto que no. Sencillamente, ese hombre me ha parecido un poco avasallador.

—Agradezco tu preocupación, pero sé cuidarme sola.

—Ten cuidado. Los hombres pueden ser engañosos y agresivos. Y cuando están bebidos, pueden confundir las señales.

—He estado fuera de la circulación, AJ, pero no en coma. Soy consciente de los riesgos que entraña una cita. Además, no sé si recuerdas que me he acostado contigo.

—Eso fue diferente —gruñó AJ.

Por primitivo que pudiera parecer, a Beth le encantaba verlo celoso y preocupado por ella. AJ la quería toda para él y a ella le encantaba. Aunque sólo fuera durante una noche.

Más tarde, de vuelta a casa, los perros se agolparon alrededor de AJ como si lo conocieran de toda la vida. De hecho, incluso los gatos se le acercaron para recibir sus caricias.

—No me puedo creer que hayas conseguido ganarte a Frick y Frack. No se dejan tocar tan fácilmente.

—Sólo están intentando ganarse un regalo para la próxima... —se interrumpió de pronto al ser consciente de que no habría próxima vez. De hecho, desde que lo había anunciado, se mostraba más distante que nunca.

Y, en aquel momento, parecía sentirse incómodo en casa de Beth. Incluso había sugerido que fueran a su hotel con la excusa de que estaba deseando verla desnuda. Pero Beth sabía que lo que buscaba era la neutralidad que ofrecía un espacio anónimo.

Aquello la entristeció, pero intentó dejar de lado aquel sentimiento. Estaba decidida a disfrutar de cada minuto que pasaran juntos.Abrazó a AJ y se presionó contra él para recordarle y recordarse la magia que había entre ellos.

AJ se inclinó contra ella, la abrazó con fuerza y le acarició la espalda. Oh sí, él también la recordaba.

Aquella vez, el sexo sería diferente. En vez de la emoción de la novedad, Beth sentía la excitación de poder retomar su relación allí donde la habían dejado y avanzar un poco más.

Lo besó en el cuello y deslizó la lengua por su piel, que sintió cálida y salada.

—Tienes una lengua maravillosa.

—Para lamerte mejor —susurró Beth en respuesta.

—Puede seguir lamiéndome cuanto te plazca.

Oh- oh.

—Bueno, quizá debería advertirte que no creo que se me dé muy bien el sexo oral.

AJ se echó a reír.

—Si se te da tan mal como lo de llegar al orgasmo,

entonces estoy deseando que lo intentes —le dijo con los ojos brillantes.

Se inclinó para besarla, pero Beth tenía que dar los toques finales al dormitorio, así que se contuvo y le dijo:

—Tengo que cambiarme.

—No, no te cambies. Lo que tienes que hacer es desnudarte —intentó abrazarla, pero ella se deslizó de entre sus brazos y le pidió—: Saca a los perros, por favor.

—¿Eh?

—Tienen que salir. Es la llamada de la naturaleza.

AJ bajó la mirada hacia los perros.

—Será mejor que os deis prisa, amigos. Vuestra madre y yo tenemos muchas cosas de las que ocuparnos.

Salió y Beth corrió a por el CD que había estado escuchando antes de la llegada de AJ para llevarlo a su dormitorio. Una vez allí, lo puso a un volumen bajo y se desnudó para ponerse el conjunto de seda rosa que había comprado para aquella noche. Encendió las velas, abrió una botella de vino y sirvió dos copas en una bandeja. A continuación, perfumó los almohadones con esencia de rosas.

Se metió en el cuarto de baño para cepillarse el pelo y estaba saliendo envuelta en una nube de fragancia, cuando vio a AJ recostado en el marco de la puerta con las piernas cruzadas y los pies descalzos.

—¿Qué estás haciendo? —le preguntó AJ, divertido.

—Prepararme para ti —contestó Beth, acercándose a él y rodeándole el cuello con los brazos.

AJ le mordisqueó el cuello y la recorrió con la mirada con una expresión que hizo que a Beth se le debilitaran las rodillas.

—Estás preciosa con ese conjunto, pero estarías mejor sin él.

Deslizó los tirantes por sus hombros, uno a uno, y besó los rincones que segundos antes cubrían. Después, le deslizó la camiseta de seda hasta las caderas y dejó que cayera hasta el suelo.

El roce del aire de la noche sobre su piel desnuda la hizo sentirse expuesta, pero los ojos de AJ le decían que era hermosa. Y sus manos le transmitieron el mismo mensaje cuando atraparon sus senos, levantando cada uno de ellos como si fuera un objeto adorable. AJ le rozó los pezones con el pulgar y éstos se irguieron.

Los ojos de AJ, tan inmensamente azules, buscaban la respuesta de Beth. Por un instante, ella pensó en lo mucho que iba a echar de menos todo aquello. Con sólo dos noches a su lado, se sentía tan unida a esa mirada que le entraban ganas de confesar todos sus secretos.

Respiraba la esencia a vainilla de las velas, dejaba que la sensual música de jazz inundara su cabeza. La luz dorada de la lámpara hacía resplandecer la habitación como en un sueño.

AJ deslizó un dedo por su piel desnuda hasta la cintura de los pantaloncitos de seda. Beth se estremeció.

—¿Tienes cosquillas? —musitó AJ.

—Un poco.

AJ movió las manos para rozar la tela de entre sus muslos, haciéndola retorcerse de deseo. Beth gimió mientras AJ la acariciaba suavemente a través de la tela.

—Estás húmeda —musitó.

—Por ti.

—Me gusta saber que te excito.

—Claro que me excitas. Y mucho.

En aquel momento, ella también necesitaba tocarlo, sentir su piel y sus músculos contra los suyos. Le desabrochó la camisa y la deslizó por sus hombros hasta hacerla caer al suelo. Contempló entonces su sólido pecho, las elevaciones de sus músculos, sus bíceps musculados, todo ello se le ofrecía para ser mirado y acariciado.

Beth posó la mano sobre su pecho y besó el vello que lo cubría, respirando la fragancia de su colonia limpia y almizcleña. Después, deslizó la mano hasta su cinturón.

—Permíteme —le pidió AJ y terminó el trabajo quitándose los pantalones y los calzoncillos.

Estaba ya completamente excitado. Beth tomó su sexo con la mano y tensó los dedos alrededor de aquella aterciopelada superficie.

Como lo conocía y confiaba en él, aprovechó para intentar hacer algo que había leído. Con la otra mano, le tomó los testículos y presionó delicadamente, haciéndolo estremecerse.

A Beth le encantó verlo temblar de deseo. Ella misma estaba tan excitada que seguramente había empapado los pantaloncitos de seda, que eran la única prenda que le quedaba encima. Se dijo que debería quitárselos y, como si le hubiera leído el pensamiento, AJ tiró suavemente de ellos hasta dejarlos en el suelo.

—Pensaba que te había embellecido en mi recuerdo, pero aquí estás, tan hermosa como te recordaba.

Deslizó las yemas de los dedos por sus brazos y rodeó a continuación sus pezones para, desde allí, descender hasta su vientre y presionar su vello púbico, incendiando al hacerlo todas sus terminales nerviosas.

Beth necesitaba tumbarse para no terminar cayendo al suelo. De modo que se movió en sus brazos y fue tirando de él hasta llegar a la cama, que había vestido con sábanas de satén, idénticas a la tela de su conjunto de lencería. Pero la verdad era que en aquel momento ese detalle había perdido toda su importancia.

Se tumbaron en la cama. AJ sobre Beth. Su cuerpo ardía como un baño caliente y, bajo ella, Beth sentía el frío de la seda. AJ la besó con una boca tan cálida y húmeda como su propio sexo. Beth deslizó las manos por su espalda hasta llegar a su trasero, adorando la fuerza y la tensión de sus músculos.

AJ buscó su sexo y hundió en él los dedos con una delicada caricia. Beth se retorcía contra sus dedos, consciente de que pronto alcanzaría el clímax. Pero ella quería hacer algo nuevo, quería saborearlo, de modo que lo detuvo.

—Ahora me toca a mí —le dijo.

Cambió de postura; se tumbó boca abajo, apoyando la cabeza sobre el vientre de AJ y tomó su pene con la mano.

Estaba tan excitada que no vaciló. Sin pensarlo dos veces, lo tomó con su boca. AJ sabía a sal, y a calor, y a sexo.

AJ susurró algo ininteligible; su cuerpo se tensó para, casi al instante, entregarse relajado a lo que Beth le estaba haciendo.

Ella se movía lentamente hacia arriba y hacia abajo, respirando por la nariz y relajando la garganta para poder ofrecerle una mayor cabida. Tensó los labios y continuó moviéndose, más confiada con cada una de sus caricias.

—Me gusta mucho —musitó AJ.

Deseando cubrirlo completamente, Beth tomó todo lo que su boca podía alcanzar y volvió a apoderarse de los testículos con la otra mano.

AJ gimió.

—Sí, eso está bien.

Evidentemente, lo estaba haciendo bien. Y lo mejor de todo era que ella misma se estaba excitando. Rodeó el muslo de AJ con el suyo y comenzó a moverse contra él al ritmo marcado por los movimientos de su propia boca. Mientras notaba cómo AJ iba acercándose al clímax, se sentía orgullosa y feliz. Definitivamente, Em estaba en la ciudad. Y, definitivamente, no necesitaba tomar notas para recordar lo que estaba ocurriendo en aquel momento.

Rafe no podía recordar que ninguna mujer le hubiera ofrecido nunca un placer tan perfecto. Para ser alguien que decía no ser muy buena en el sexo oral, Beth lo estaba enviando al orgasmo a una velocidad de vértigo. Acababa de cerrar las piernas alrededor de sus rodillas y sentirla deslizarse húmeda y caliente sobre su pierna lo excitaba todavía más.

Bajó la mirada hacia ella mientras continuaba acariciándolo con su boca y sintió fluir la ternura. Era tan dulce, tenía tanto cuidado... Y, al mismo tiempo, era tan sensual y tan ardiente...

Él también quería complacerla, y sabía cómo hacerlo. Posó la mano en su cabeza para detenerla y la hizo girar para acceder él también a su cuerpo con los labios y la lengua. La agarró por la cintura y sopló suavemente en el centro de su feminidad.

—Oh —jadeó Beth, moviendo involuntariamente las caderas.

AJ la acarició y un estremecimiento recorrió el cuerpo de Beth. Era maravilloso hacer el amor con ella. Se mostraba tan entusiasta, tan sorprendida por la vivencia del propio placer... Y él quería sorprenderla una y otra vez.

Beth pareció acordarse de pronto de lo que hasta entonces había estado haciendo y volvió a apresarlo con aquella boca suave, húmeda y ardiente. Aquella mujer tenía una lengua increíble, tan curiosa como su propia mente. Y la conexión entre la lengua y el sexo era absolutamente embriagadora.

Beth gemía, deleitándose en sus caricias, pero se interrumpió para deslizar la lengua por el sexo de AJ.

Después, ambos se acoplaron al mismo ritmo, con lenguas, labios y el fuego de su aliento. AJ se movía en el interior de su boca al tiempo que utilizaba los dedos para abrirla y la lamía una y otra vez con la lengua, succionando delicadamente. Beth gemía, se retorcía y temblaba contra su boca.

Al cabo de unos minutos, alcanzaron la cumbre del placer. En cuanto Beth llegó al orgasmo, AJ se vació dentro de ella. Y mientras se derramaba en el interior de su boca, supo que no quería que aquello terminara, aunque supiera que tenía que hacerlo.

Beth se apartó de él y tomó aire antes de volverse para apoyar la mejilla sobre su pecho.

—Ha sido increíble.

—Lo sé —contestó AJ, sobrecogido por las muchas emociones que atravesaban su cuerpo: satisfacción, alegría, ternura...

—Yo... nunca lo había hecho.

—¿El qué? ¿Los dos a la vez? —sonrió y la abrazó—. Es agradable, ¿verdad?

—¿Agradable? Yo diría que casi es una experiencia extrasensorial.

—Tienes razón —contestó AJ, acariciándola con fuerza y estrechándola contra él.

Un sonido metálico le hizo alzar la mirada y vio que, a los pies de la cama, estaban los tres perros mirándolos con expresión solemne.

—Dios mío, estamos rodeados de mirones peludos —le dijo—. Qué, ¿os ha gustado el espectáculo, amigos?

—No te preocupes —le dijo Beth—. Creo que te

han dado una puntuación muy alta, un nueve coma ocho.

—¿Quieres decir que me están puntuando como si esto fueran los Juegos Olímpicos?

—Exactamente.

—¿Entonces cómo es posible que sólo me hayan dado un nueve coma ocho?

—Tendrás que hacer algo para mejorar.

AJ se echó a reír.

—Me alegro de no haber sabido que iban a puntuarme. La presión podría haberme hecho fracasar.

—No creo que tengas que preocuparte por eso —contestó Beth, agarrándolo. AJ volvía a estar listo, dispuesto para otra sesión de sexo.

—¿Podríamos disfrutar esta vez de más intimidad?

Sorprendentemente, como si hubieran oído sus palabras, los animales desaparecieron inmediatamente de su vista, provocando una carcajada de Beth. Un sonido que AJ quería volver a oír una y otra vez.

—Y ahora, a dormir —les ordenó Beth a los perros entre risas.

Apoyó la barbilla sobre el pecho de AJ y lo miró a los ojos, adorando la intimidad de aquel momento—. A esto deberían llamarlo con un nombre, no con un número. Suena como si estuvieras esperando el turno en la oficina de correos. «Sesenta y nueve. Número sesenta y nueve. ¿Quién tiene el sesenta y nueve?».

—¿Y a quién le importa cómo se llame o se deje de llamar con tal de que sea divertido?

—Algo tan fabuloso tendría que tener un nombre especial. A mí me gusta que todo tenga un toque especial.

—Es innegable. Mira este dormitorio —se incorporó y se apoyó contra la almohada—. Todo está perfectamente arreglado. El vino, el cuenco con los preservativos, las velas... Hasta las sábanas huelen a flores.

—¿No te gusta? —AJ parecía incómodo, más que complacido.

—Es agradable. Pero, siempre y cuando tú estuvieras conmigo, me habría bastado con un sofá y unos preservativos —la envolvió de nuevo entre sus brazos—. Lo que estoy intentando decirte, Beth, es que eres más que suficiente para mí.

A Beth le encantaba aquel hombre. Después de dos noches intensas, se sentía más cerca de AJ de lo que nunca lo había estado de Blaine. El sexo era un vínculo poderoso, por supuesto, algo de lo que no había sido consciente hasta entonces. Pero además, había aprendido algo más sobre él, sobre su casa, sus costumbres, sus opiniones, e incluso su familia.

Y saber que no tardaría en marcharse la entristecía. Inmediatamente se dijo que estaba exagerando sus sentimientos. Debería hablar sobre ello en su columna, sobre cómo el sexo podía hacerlo sentir a uno engañosamente cerca de su pareja. La intimidad física podía conducir a una falsa intimidad sentimental. El sexo podía ser como una especie de caballo de Troya. Humm, no estaba mal. Si por lo menos el corazón dejara de palpitarle a tanta velocidad...

AJ comenzó a acariciarle de nuevo la espalda, sus ojos resplandecían con un calor renovado que puso fin a su tristeza.

—Pásame una de esas cosas que tienes en ese cuenco —musitó, señalando con la mirada los preservartivos—, y volvamos a terrenos que nos resultan más familiares.

Beth alargó la mano hacia un preservativo con sabor a menta y decidió probar algo sobre lo que también había leído. Lo sacó de su envoltorio, se lo colocó en la boca y se inclinó hacia la punta de su miembro para poder colocárselo con los labios y la lengua.

AJ gimió excitado.

—Oh, Dios mío, otra cosa más que no se te da bien —la agarró por la cabeza—. Estoy deseando que me lo demuestres.

Y Beth pretendía hacer precisamente eso. Ni la tristeza ni la preocupación le impedirían disfrutar del tiempo que le quedaba a su lado. Tenía una sola noche y quería convertirla en la mejor noche de su vida.

8

A la mañana siguiente, Rafe se despertó en la cama de Beth sintiéndose asfixiado y atrapado al mismo tiempo. Y ambas eran sensaciones reales, no su respuesta al hecho de haberse quedado a pasar la noche con ella. La asfixia se debía a Ditzy, que había decidido quedarse a dormir sobre su cabeza, y la sensación de estar atrapado era responsabilidad de Spud, que dormía acurrucado a sus pies.

En realidad no pretendía quedarse, pero las horas habían ido pasando a una velocidad vertiginosa.

Se movió para recuperar la circulación de las piernas entumecidas. Spud gruñó y Ditzy se relamió sonoramente. Beth abrió los ojos y sonrió somnolienta.

—Te has quedado —dijo, acurrucándose contra su pecho.

—Tus perros no me han dejado marcharme —respondió él—. Pero ahora tengo que irme. Todavía me queda trabajo por hacer antes de que salga mi avión.

—Claro —contestó Beth, pero la rigidez de su cuerpo mostraba su desilusión—. Voy a sacar a los perros y después te prepararé el desayuno.

Por culpa de su enorme bocaza, acababa de perder la oportunidad de disfrutar con ella del sexo matutino, comprendió Rafe mientras veía a Beth ponerse la bata a tal velocidad que apenas tuvo tiempo de vislumbrar su fabuloso cuerpo. La agarró de la mano para impedir que se levantara.

—Ha sido una noche increíble, Beth.

—También para mí —contestó Beth con el asomo de una sonrisa—. He aprendido mucho.

—Yo también. Esos giros que hacías con la lengua... Deberías patentarlos.

—Me alegro de que te gustaran. Una amiga me describió cómo se hacían.

—¿Te lo describió?

—Es una larga historia —se sonrojó tan dulcemente que Rafe estuvo a punto de abrazarla y volver a hacer el amor con ella, pero sabía que sería una estupidez.

—No te molestes en prepararme el desayuno, tengo que marcharme —ya era hora de que se marchara, ¿por qué seguir prolongando lo inevitable?

—Claro, lo comprendo —contestó Beth, pero la tristeza había anegado sus ojos antes de que se levantara de la cama.

AJ la observó salir de la habitación seguida por los perros, y también experimentó una ligera tristeza.

Se vistió y, cuando Beth regresó, estaba esperándola en el cuarto de estar.

—Si quieres, puedo preparar unos bizcochos —dijo Beth, esperanzada.

—No, déjalo.

Beth se acercó a él y le rodeó el cuello con los brazos.

—Me ha gustado mucho conocerte, Beth.

—Si vuelves alguna vez a la ciudad...

—Ya no tendrás tiempo para mí. Has vuelto a la

circulación, ¿recuerdas? Antes de que te des cuenta, ya te habrá atrapado cualquier otro tipo.

—¿Y quién ha dicho que quiera que me atrape nadie?

—Algún día lo querrás. Y el hombre al que elijas será un hombre muy afortunado.

Y entonces, antes de terminar diciendo algo que no debiera, enmarcó su rostro con las manos, sintió el palpitar de su pulso, memorizó su fragancia, sus labios llenos, la particular curva de su cuello y la increíble suavidad de su piel.

—Eres una gran amante, Beth, no lo olvides.

—Puedes estar seguro de que me has hecho sentirlo —en sus ojos brillaba el orgullo, la gratitud y la tristeza.

—Es cierto, y lo seguirás siendo con cualquier otro hombre.

Maldito fuera, ¿qué estaba haciendo él empujándola a los brazos de otros hombres? Pero era lo único que podía hacer. Sonrió y se dirigió hacia la puerta. Una vez allí, acarició a los perros, le sonrió a Beth por última vez y se dirigió hacia el descapotable.

—Conduce con cuidado —le gritó Beth, cuando ya estaba instalado en el coche—, y que tengas suerte.

—Tú también, Beth —le respondió.

Beth lo despedía con la mano mientras él se alejaba. Rafe sentía un nudo en la garganta. Tenía ganas de dar media vuelta y volver a su lado, ¿qué daño podía hacerle un día más? Pero no, no podía ser tan estúpido. Tenía que marcharse antes de echarlo todo a perder.

Después de que AJ se fuera, Beth desayunó rápidamente un cuenco de avena con fresas y salió a dar un paseo con los perros. Se negaba a ponerse triste. Habían llegado a un acuerdo que a los dos les había sido útil.

Pero su relación había sido muy intensa, y aquel hombre le gustaba. Disfrutaba con su ingenio, con su habilidad para destilar los puntos clave de cualquier argumento, con su manera de centrarse en los detalles. Incluso le gustaba su cinismo, que en un primer momento había representado casi un desafío.

Y había sido tan considerado, y tan amable y sensible. Incluso con las mascotas.

Pensó en la expresión distante de sus ojos. En todo momento había guardado las distancias entre ellos. Y ésa era la clave de su personalidad.

Cuando estuviera lista para ser atrapada por un hombre, como había dicho AJ, ella quería que ese hombre fuera completamente suyo, que no tuviera necesidad alguna de guardar las distancias entre ellos. Ni siquiera sabía cómo se apellidaba AJ, no tenía su número de teléfono. Lo único que habían compartido había sido sexo. Se habían comportado como dos auténticos locos por el sexo.

Suspiró. Por lo menos era suficientemente inteligente como para no estar demasiado triste. En cuanto llegara a casa después del paseo, invertiría toda su energía en la próxima columna. No estaba de humor para escribir, pero ésa había sido su única razón para ver a AJ.

Una vez en casa, Rafe cerró la puerta y la encontró limpia y ordenada. La fragancia a limón y a desinfectante le decía que Alice, la mujer que limpiaba su casa, había estado por allí recientemente.

Pensó en cómo olía la casa de Beth. Despedía un olor dulce y hogareño. Y en el aspecto que tenía, brillante, luminoso, rico en texturas y confortable. Un perfecto reflejo de su personalidad.

La casa de Rafe era una casa cara, decorada con gusto. Muebles de líneas elegantes, cuadros de arte abstracto, esculturas valiosas, pero no había en ella nada de él.

Beth la encontraría inhóspita. La llenaría de cojines, velas, flores y perros. Rafe imaginó a Boomer, Ditzy y Spud saltando sobre sus muebles y deslizándose por los respaldos de sus sillas ultramodernas.

¿Pero a quién estaba intentando impresionar con una casa como aquélla? Desde luego, no a una mujer. No había llevado a una mujer a su casa desde hacía... desde hacía mucho tiempo.

Sentía un vacío en las entrañas. Debía de estar hambriento. El refrigerador estaba vacío, como casi siempre. Alice había tirado los restos de su comida. Podría hacer un sándwich, pero el intenso vacío de su interior lo convenció de que debía buscar algo más sustancial.

Agarró un folleto que tenía pegado a la nevera y llamó a la tienda de comida oriental de la que le había hablado a Beth. La comida le recordaría a ella.

Mientras esperaba a que llegara el encargo, se volvió hacia el ordenador, deseando mitigar su apatía. Sin mucha curiosidad, se conectó a una página web para editores y escritores y buscó ofertas de trabajo. Había muchas para editores, pero lo que a él le interesaba era escribir, el desafío de crear. Se fijó de pronto en un anuncio del *Miami Tribune,* su antiguo director continuaba allí. Inmediatamente mandó un correo. No quería aquel trabajo, pero necesitaba volver a ponerse en contacto con su pasado.

Cuando llegó la comida, fue a buscar un plato, se lo llevó al estudio y comenzó a comer mientras revisaba el correo.

Lo sorprendió encontrar un mensaje Curt Paterson, el director de *Man's Man*, pidiéndole una reunión para hablar sobre su futuro en la empresa. Tuvo la sensación de que sabía de qué se trataba. Curt llevaba tiempo comentando la posibilidad de una retirada. Y sospechaba que quería que fuera él el que se hiciera cargo de la revista.

Sería una tontería decir que no. Había estado trabajando para llegar hasta allí durante los últimos cinco años. Pero si aceptaba aquel trabajo, estaría atrapado durante otros cinco. A pesar del desafío que representaba, la idea no lo atraía en absoluto. ¿Qué demonios le estaba pasando?

«Entonces escribe algo, sólo por si acaso». Recordó la sugerencia de Beth. Por simple que pareciera, le resultaba más apetecible que una reunión con Curt. Se preguntó qué diría ella al respecto.

Sin pararse a pensar, se conectó al Messenger. Y descubrió con inmensa alegría que Beth también estaba conectada.

—Em, ¿qué tal te va?

—¡Rafe! Hola. Estoy siendo una buena chica y estoy trabajando en mi próxima columna.

—¿Debo asumir entonces que lo del baile fue bien?

—Fabuloso.

—Me alegro de oírlo. Entonces, ¿tenía yo razón al decir que estaba deseando verte otra vez?

—Sí, tenías razón. Tuvo que retrasar el viaje por un cambio de planes.

Rafe sonrió, negándose a sentirse culpable.

—Tendrás que continuar conservándome como fuente para analizar el comportamiento masculino.

—¿Y tú que estabas haciendo?

—Comer, comida marroquí, por cierto.

—¡Me encanta la comida marroquí!

—A mí me encantaría compartirla contigo.

La imaginó sentada a su lado, tendiéndole un bocado, como había hecho la noche anterior. Quizá sentada en su regazo... desnuda. Tragó un bocado de comida, recordando cómo había lamido el aceite que quedaba entre los dedos de Beth. Era ridículo excitarse al recordar un bocado de comida marroquí. Em escribió otro mensaje.

—¿Y cómo va tu aburrimiento?

—Es curioso que lo preguntes, porque creo que el director de la revista va a ofrecerme su puesto.

Acababa de enviar el mensaje cuando se dio cuenta de lo arriesgado que era compartir aquella clase de información con una empleada. El problema era que en realidad estaba escribiendo a Beth, y no a Em.

—Por favor, que esto no salga de aquí.

—Tranquilo, mis labios están sellados y me honra que me lo hayas dicho a mí. ¿Cómo te sientes al respecto?

—Supongo que debería ser un desafío, pero he empezado a explorar la posibilidad de empezar a escribir de nuevo. Le he enviado un mensaje a un tipo con el que antes trabajaba.

—Parece que estás ya decidido.

—¿Debería tumbarme en su diván, doctora Em?

—Mi diván está libre, para ti.

Y a él le encantaría tumbarse en él, con ella, desnuda. Tenía que dejar de pensar en el sexo. Intentó imaginarla. ¿Dónde estaría? Seguro que no estaba en su dormitorio, porque allí no tenía ordenador. ¿Tendría un estudio en casa? Apostaría cualquier cosa a que sus mascotas estaban con ella. La última vez que le había escrito tenía a una de ellas sentada en el regazo. Debía de ser Ditzy.

—A lo mejor he estado retrasando lo inevitable. He invertido años en esto, tengo que considerar mis ingresos. Y eso sería un retroceso en mi carrera.

Se metió en la boca un puñado de cuscús mientras esperaba.

—¿Cómo es posible que algo que te hace feliz pueda ser un retroceso en tu carrera? Lo más importante es tu vida. Sólo tenemos una vida, y es demasiado corta para desperdiciarla sintiéndose triste o aburrido.

—¿Cómo eres tan sabia, Em?

—Es la costumbre. Soy la consejera oficial de mi familia.

Rafe pensó en lo que le había contado sobre su madre y en lo que le había dicho sobre su hermano. Se preguntó si Beth no asumiría demasiadas responsabilidades.

—¿Así que necesita consejo...? Tu familia, quiero decir.

—Mi madre no se desenvuelve muy bien con las cuestiones prácticas y mi hermano es un soñador.

—¿Entonces los cuidas mucho?

—Todo lo que puedo.

—¿Y de ti? ¿Quién cuida de ti?

Dios, era él el que le estaba ofreciendo terapia en aquel momento. Pero era cierto que quería cuidar de ella. Si no en persona, por lo menos de aquella manera.

—Yo estoy bien, de verdad. Gracias por la preocupación.

—Es lo menos que puedo hacer por ti. Me has dejado quejarme de mi trabajo. Y confío en que seas discreta.

—Puedes confiar absolutamente en mí.

—Es muy fácil confiar en ti, Em.

En cuanto envió el mensaje, se dio cuenta de que era demasiado personal. El problema era que todavía podía recordar el perfume de su ropa, todavía recordaba lo que era sentirla entre sus brazos, la suavidad de todos los rincones de su cuerpo.

—No quiero llevar esto a un terreno demasiado personal, tienes que terminar tu columna.

—En realidad, quizá podrías ayudarme. ¿Te importaría decirme lo que te parece la primera mitad de mi columna? Es sólo un borrador.

En cuanto le llegó el correo, lo leyó rápidamente y sonriendo. Beth había conseguido captar el ambiente con unas cuantas frases y muy pocos adjetivos. Era muy buena.

Una de las frases lo hizo sonreír.

Consejos para la primera cita: examina a tu pareja en la pista de baile. Probablemente bailará el mambo en tu colchón con la misma gracia con la que se mueva en la pista.

Buena observación.

La segunda vez no tiene la misma emoción que la primera, pero tiene también su encanto. ¿Lo pasasteis bien juntos? Entonces podréis alcanzar nuevas cotas de erotismo, probar nuevas técnicas. Es como un segundo viaje a Oahu, vuelves a visitar el puesto en el que vendían la papaya, pero esta vez no te vas sin probar el coco. Mmm, buenísimo. Mejor incluso.

Rafe le envió un mensaje instantáneo.

—Magnífico comienzo. Tiene un tono más confiado que el anterior. Estoy deseando leer el resto.

—Me alegro.

Rafe sintió su alivio a través del ciberespacio.

—¿Tienes alguna sugerencia para el resto?

—Sencillamente, sigue así. Conserva ese mismo tono, entra en algún que otro detalle y te quedará magnífico.

—Lo haré, gracias.

Podría haberse despedido entonces, por supuesto, pero Rafe había perdido el apetito y lo único que le apetecía era seguir hablando con ella. De modo que le preguntó cómo había empezado a escribir su columna sobre vida social y por qué. Y ella le preguntó por su carrera profesional.

Algún tiempo después, un calambre en el cuello le hizo recordar que llevaba horas frente al ordenador. Y la luz de la tarde había disminuido visiblemente.

—Debería dejar que volvieras al trabajo. Todavía tienes que escribir la escena de sexo, ¿verdad

—Pero eso es lo más fácil.

—Para ti, apuesto a que sí.

—Si quieres que hablemos más sobre tu trabajo... o sobre cualquier otra cosa, mándame un correo. O llámame si lo prefieres

A continuación Beth escribió su número de teléfono.

—Buena suerte con tu columna, Em, estoy deseando leer el resto.

Ambos desconectaron y Rafe se sintió de pronto muy solo. Estaba jugando con fuego, pero sencillamente, necesitaba una transición para sacar a Beth de su vida. En un día o dos, todo volvería a la normalidad.

La reacción de Rafe tras haber leído la primera parte de su columna hizo que a Beth le entraran ganas de ponerse a saltar de alegría. Motivada por las alabanzas de Rafe, continuó escribiendo hasta que sus mascotas la reclamaron para salir a pasear. Beth se levantó y comenzó a imprimir la columna.

La impresora todavía estaba en funcionamiento cuando aparcó un coche delante de su casa. El ruido de los tacones en la acera sólo podía pertenecer a Sara. Beth tomó la columna impresa y se dirigió hacia la puerta.

—¿Cómo ha ido todo? —preguntó Sara en un susurro.

—Se ha ido, pero ha sido magnífico.

—¿Y vas a volver a verlo?

—No. Tiene que irse a la costa este.

—Bueno, si de verdad ha sido tan magnífico como dices, volverá.

—No lo creo. Ha dejado muy claro que no volvería.

—Pero los aviones vuelan en ambas direcciones.

—Sólo si sabes adónde tienes que volar. O, por lo menos tienes un apellido.

—A lo mejor está casado —comentó Sara—, ¿has pensado en esa posibilidad?

—De ningún modo. AJ es un hombre al que no le gustan las mentiras.

—Pero a lo mejor es como Jane Eyre, tiene a una mujer que está loca encerrada en el ático y no puede divorciarse de ella.

—Oh, por favor. Mira Sara, pensaba a salir a pasear a los perros, ¿quieres venir conmigo?

—Claro, pero si después salimos a cenar. Rick está en casa de sus padres —Sara se inclinó para saludar a Spud.

—Entonces, ¿la exclusiva sigue funcionando?

—Supongo que sí —Sara se incorporó sonrojada—, y tengo que reconocer que Rick es inteligente, divertido y me adora. Soporta mis locuras y a mí las suyas tampoco me molestan mucho.

Ambas se echaron a reír. Ditzy corrió hacia la puerta, enredando la correa en los pies de Sara de tal manera que ésta estuvo a punto de caerse. Beth la agarró del brazo y la ayudó a salir de la correa.

—Suena prometedor —comentó Beth.

—¿Qué es eso? —preguntó Sara al ver la hoja que Beth sostenía en la mano.

—Un borrador de mi próxima columna, ¿quieres leerla?

—Me encantaría.

Antes de que pudiera pasarle la hoja a Sara, Boomer y Spud ya estaban tirando de ella.

—Cuando volvamos del parque —gritó por encima del hombro.

Cuando por fin llegaron al parque, dejaron sueltos

a los perros en la zona destinada para ellos. Beth encontró un banco vacío y le pasó a Sara la columna. Mientras Sara leía, Beth contenía la respiración, pendiente de cada sonrisa o simple asentimiento de su amiga.

Sara por fin alzó la mirada.

—Es realmente buena.

—Me alegro de que te lo parezca.

—Pero necesitas detallar más las cuestiones sexuales. No es fácil adivinar quién le hizo qué y a quién.

—Anoche tampoco lo era. Fue realmente increíble.

—Vamos, cuéntamelo todo.

—Tendrás que esperar a que escriba mi columna. Ahora me resulta un poco embarazoso hablar sobre ello.

—Vamos, Beth, ¿todavía no te has contagiado de la personalidad de Em?

—Supongo que no lo suficiente. Me gustaría pasar más tiempo con AJ. Sé que eso no es muy propio de Em, pero es cierto —miró hacia el horizonte. El día estaba terminando y le parecía tan triste... Dios santo, ¿estaba poniéndose nostálgica por una puesta de sol?

—Te gusta ese tipo, ¿eh?

—¿Qué? No, no puede gustarme. Sólo es una fuente de información.

—Pero de todas formas, te gusta —presionó Sara.

—Digamos que le estoy agradecida. Me ha ayudado con mi columna y a tener más confianza en mí misma en lo relativo al sexo. Es como el primer hombre al que besas. Siempre sentirás algo especial por él.

—Volverá.

—No creo. Creo que estar en mi casa lo hacía sentirse... no sé, incómodo.

—Lo organizaste todo perfectamente, ¿verdad?

Beth se encogió de hombros.

—Por supuesto —dijo Sara—, tú eres tú. Pero las cosas tan preparadas los hacen sentirse atrapados a los hombres.

—Sí, y a AJ le gustan las cosas sencillas. Estoy segura de que piensa que tenía más interés en nuestra relación que él. Pero no es cierto. Sencillamente, lo hemos pasado bien juntos.

—Así que el sexo ha sido inmejorable, ¿no?

—Desde luego, y lo más importante es que ahora tengo dos columnas sobre mi relación con AJ y estoy a punto de conseguir una columna para siempre. Le he enseñado a Rafe la primera parte de esta segunda columna y le ha encantado.

—¿Rafe? ¿Ése no era el hombre que te quería despedir? ¿Y lo llamas Rafe?

—Hemos estado hablando por Internet. De hecho, hemos tenido una conversación muy amistosa sobre nuestro trabajo y nuestras vidas.

—¿Ah, sí?

—Sí, hemos estado hablando durante casi dos horas esta tarde. Creo que está coqueteando conmigo.

—Vaya, vaya, así que vuelves a estar de pesca, ¿eh?

—Qué va —pero no podía evitar un cosquilleo de emoción—. Tenemos en común nuestra profesión y Rafe me parece un hombre sensato e inteligente.

—¿Qué aspecto tiene?

—Heather dice que debe de andar por los treinta y cinco años.

—¿Es soltero?

—Según Heather, no llevaba alianza de matrimonio, pero quién sabe.

—¿Va a venir pronto a Phoenix? Porque si es así, podríais quedar. En cualquier caso, necesitas una nueva cita.

—Pero yo trabajo para ese hombre.

—Mejor todavía. Invítalo a tomar un café para poder hablar de tu columna.

—Sí, supongo que podría hacerlo —la idea la hizo sonreír. Sería una cosa propia de Em. Y Em era mucho más divertida que Beth.

9

A la noche siguiente, Beth se despertó sudorosa y excitada, con la almohada entre las rodillas. Había estado soñando con AJ. No era la primera vez que tenía un sueño erótico, pero nunca se había despertado con un deseo tan intenso.

Sentía su cuerpo henchido y frustrado. Apartó las sábanas, se quitó el camisón y volvió a tumbarse sobre el colchón. Pero no sirvió de mucho. La mayor parte del calor emanaba de entre sus piernas. Debería hacer algo al respecto. Nunca había sido muy aficionada a darse placer a sí misma, pero en aquel momento, habría dado cualquier cosa por un vibrador que pudiera sacarla de su miserable situación.

Una hora después, todavía despierta e inquieta, decidió ir a beber algo. Desnuda, con las bragas como única prenda, se dirigió a la cocina y buscó algo que pudiera ayudarla a dormir. Abrió uno de los armarios en los que guardaba los libros de cocina, sacó uno con recetas de bebidas y lo hojeó. *Té frío de Long Island*. Humm. Parecía una bebida fría, fuerte y veraniega. Demasiado fuerte, quizá. Requería diferentes licores y unas gotas de cola. Beth decidió conformarse con dos licores, vodka y ginebra, unas gotas de cola y un vaso largo con montones de hielo.

Mientras esperaba el efecto relajante del alcohol, decidió aprovechar su estado de ánimo para terminar la parte de la columna relativa al sexo. En aquel momento se sentía tan cargada de erotismo que seguramente sería capaz de transmitirlo.

Una vez en su estudio, encendió la lámpara de pantalla verde que tenía sobre la mesa y una vela de canela y vainilla. Spud, siempre dispuesto a hacerle compañía, se acurrucó en el sofá, al lado del escritorio.

Aspirando la dulce fragancia de las velas, encendió el ordenador y, para añadir más serenidad al momento, conectó una pequeña cascada y, disfrutando del burbujeo del agua, se sentó.

Jamás había escrito desnuda y, de pronto, todo le parecía más vívido. El frío perfil de las teclas, la curva del ratón... Suspiró y le dio un largo trago a su copa.

Aunque su ordenador se conectaba inmediatamente a Internet, no se molestó en revisar el correo. Todas las personas a las que conocía estarían dormidas a esa hora. Así que abrió directamente su columna y leyó la primera parte.

A los chicos les gusta la segunda vez, pero sólo cuando tienen la seguridad de que todavía no hemos encargado las invitaciones de boda. Lo mejor para que no se pierda la pasión, chicas, es dejar bien claro que sólo sois unas obsesas sexuales con ganas de pasar la noche con un hombre.

Después, a explorar. Una vez conocidos los puntos G, A y Z, tenéis carta blanca para inventar co-

sas nuevas. O para hacer las cosas tradicionales de una forma diferente.

La segunda cita es una oportunidad para explorar. Como una nave espacial, os llevará a lugares en los que no habéis estado jamás.

Beth bebió un poco más. Estaba empezando a relajarse. Dejó que uno de los cubitos de hielo se derritiera sobre su lengua y descendiera por su garganta. Era un contacto agradable. Mmm. En uno de los libros que había leído recomendaban el hielo para el sexo oral. Podía habérsele ocurrido la noche anterior, con AJ. Pero estaban demasiado ocupados en la cama como para pensar en otras cosas con las que jugar.

Dejó de nuevo el cubito de hielo en el vaso y volvió a la parte de la columna que necesitaba mejorar.

Confieso que nunca he sido muy aficionada a la cuestión oral. No sabía muy bien qué hacer con las manos. Por no mencionar los dientes. Además, estaba el cansancio de las mandíbulas, la posibilidad de atragantarse y otros detalles menos delicados que evitaré mencionar. Pero por fin he comprendido su atractivo. Y ahora creo que el sexo oral simultáneo es algo absolutamente notable. Ningún número chabacano es adecuado para reflejar la intensidad de tan complejo placer.

Añadió algunos detalles más y volvió a leer el texto. A lo mejor había sido excesivamente franca por culpa de su actual estado de excitación. Volvería a leerla a la mañana siguiente para asegurarse de que no había exagerado antes de enviársela a Will.

Y a Rafe.

¿Qué pensaría Rafe de su columna? Se estremeció al imaginárselo leyéndola con una media sonrisa en el rostro. Y estaba a punto de apagar el ordenador cuando éste emitió la señal que indicaba que alguien acababa de conectar con ella.

Había escrito:

—¿Qué estás haciendo levantada tan tarde?

—No podía dormir, ¿y tú?

El corazón le latía a un ritmo desmedido. Era curioso, el deseo por AJ contra el que había estado luchando desapareció de pronto para ser sustituido por toda clase de pensamientos tórridos sobre Rafe. ¿Cómo podía desear a dos hombres al mismo tiempo? El factor Em, comprendió. Em disfrutaba de ese tipo de situaciones.

O quizá el problema fuera que era tarde, estaba excitada y había bebido.

Rafe le contestó en ese momento.

—Insomnio.

—¿Te ocurre algo?

—Frustración, supongo, ¿y a ti?

—Yo también estoy frustrada.

Quizá él también estuviera excitado. ¿Pero acaso se había vuelto loca? Rafe era su jefe y prácticamente un desconocido. Quizá se estuviera volviendo como Sara, que era capaz de acostarse con un hombre por el mero hecho de que tuviera unas cejas expresivas. Se llevó el vaso helado a la sien y se obligó a teclear una pregunta sensata.

—¿Has hablado ya con el director sobre tu ascenso?

—He estado esta tarde con él. Será un desafío, durante algún tiempo.

—Pero no pareces muy emocionado con la propuesta.

Beth intentó mantener la sensatez y controló las ganas de escribirle que estaba prácticamente desnuda.

—Y tienes razón, pero no sé qué decirle a ese tipo.

—Prueba con una moneda. Si sale cara, aceptas el trabajo, si sale cruz, lo rechazas. Supongo que tu reacción ante el resultado te indicará lo que realmente quieres oír.

—Muy sensata, doctora Em, parece que he vuelto a tu diván.

—Me alegro de haber podido serte útil. Tú me has ayudado mucho en mi columna.

—Lo único que he hecho ha sido alabarla. Pregúntame algo sobre la perspectiva masculina, para intentar al menos serte útil.

Beth tenía una pregunta que hacerle, sí. Y tenía que ver con el hecho de que AJ hubiera dado por terminada de una forma tan tajante su relación. ¿Sería una cuestión de género?

—De acuerdo, estoy pensando en escribir una columna comparando las diferentes actitudes de hombres y mujeres hacia el sexo. ¿Tú cuánta importancia crees que le da un hombre a tener relaciones sexuales con una mujer?

Se produjo una larga pausa.

—Eso depende del hombre. Algunos hombres están buscando una relación estable y, en ese caso, el sexo es el primer paso. Para otros, como yo, el sexo es una relación física intensa compartida por dos

personas. Y tiene que quedar claro que es eso lo que las dos quieren.

—¿De modo que el sexo sólo es sexo?

—Pero no tienes por qué decir «sólo». Cuando la química funciona, el sexo te hace sentirte vivo.

—Sí, desde luego.

—¿Te sentiste así con don Momento Oportuno?

—Sí, mucho.

Se movió en la silla, disfrutando del roce de sus muslos contra la tela del asiento. Se sentía abierta y vulnerable aunque Rafe no pudiera verla.

—Entonces, es un hombre con suerte.

—No sé. Creo que soy yo la que ha tenido suerte. Estar con él ha sido muy bueno para mí. Para la columna y en muchos otros sentidos.

—¿Como por ejemplo...?

—¿Qué te parece si te envío el resto de la columna y así puedes verlo tú mismo?

—Estoy deseándolo.

Con el corazón palpitante, y diciéndose que en realidad sólo le interesaba su opinión como profesional, le envió la columna. Pero en realidad era algo más que eso. Quería que la encontrara excitante. Mientras esperaba, la música de la pequeña cascada acariciaba sus oídos como el susurro de un amante.

Tomó el vaso para vaciar su contenido. En aquella ocasión, el agua helada descendió por su rostro y luego por el hombro, provocándole un delicioso escalofrío.

Y dándole una idea.

Alzó el cubito de hielo y se lo llevó al pecho. Al principio el frío la hizo jadear, pero pronto comenzó a encontrarlo estimulante. Deslizó el hielo hasta su pezón.

Habría sido divertido hacer eso con AJ. Quizá con los ojos vendados, para que ninguno de ellos pudiera saber cuándo o dónde esperar aquel frío e inesperado placer.

El sonido de la respuesta de Rafe le hizo dejar el cubito de nuevo en el vaso.

—Guau...

—¿Qué significa eso?

—Muy caliente.

—¿Y eso es bueno?

—Mucho.

—Ojalá lo haga igual de bien en la próxima columna.

—¿Sobre qué escribirás la próxima vez? Siento curiosidad.

Y, estaba convencida, también lo excitaba. Definitivamente, estaba ligando con ella. Era extraño.

—No estoy segura. Estaba pensando en hablar sobre el cibersexo. ¿Qué te parece?

—No estoy seguro. Nunca lo he practicado, ¿y tú?

—Todavía no.

—Supongo que prefiero las cosas reales.

—Yo también. Por ejemplo, ahora estoy jugando con un cubito de hielo, deslizándolo por mi cuerpo.

No le diría que estaba desnuda. Eso resultaría demasiado directo.

—Una imagen genial. Me estás haciendo reconsiderar mi opinión sobre el cibersexo. ¿Cómo es la sensación del hielo sobre tu cuerpo?

—Impactante, refrescante y muy... resbaladiza.
—Creo que yo también necesito ahora un poco de hielo. Para ponérmelo en el regazo.

Por lo menos había conseguido excitarlo. Beth siguió escribiendo.

—Sólo era una prueba. La cuestión es que el cibersexo puede ser divertido, ¿no crees? Y también el sexo telefónico. Quizá escriba una columna sobre las relaciones a distancia, ¿qué te parece?
—Interesante.

Beth advirtió entonces que aquél era el momento ideal para sugerir lo que Sara le había recomendado, que quedaran para tomar un café y hablar sobre su columna. Con el corazón palpitante, escribió:

—La próxima vez que vengas a la ciudad, podríamos quedar para hablar sobre mi columna con más detalle.
—Mis horarios son imprevisibles.

Toda Beth se sonrojó de vergüenza. No quería conocerla.
Rafe le envió un mensaje.

—Pero si pudiera encontrar un hueco, me encantaría...

«Mentiroso», pensó Beth, no tenía ninguna intención de quedar con ella. Estaba muerta de vergüenza. Pero antes de que hubiera podido escribir una despedida digna, Rafe volvió a enviarle un mensaje:

—Si no trabajáramos juntos, Em, me presenta-

ría ahora mismo en tu casa. Y con una bolsa llena de cubitos de hielo, créeme.

Quizá sólo estuviera intentando salvar su orgullo, pero Beth decidió creerlo. Tecleó con rapidez.

—Así es la vida. Que duermas bien.

—No dejes de escribirme, Em, eres una buena compañía.

—Tú también.

—Buenas noches.

Rafe desapareció de la pantalla.

Rafe apagó el ordenador sintiendo cómo fluía la culpa a través de él. ¿En qué demonios estaba pensando? Beth había lanzado la idea y él la había atrapado al vuelo. Lo único que podía decir en su defensa era que la columna de Beth había reavivado sus recuerdos y podía imaginarse perfectamente su aspecto con los cubitos de hielo deslizándose por su cuerpo.

Aquello era algo absolutamente inapropiado para su relación de trabajo. A partir de aquel momento, su relación sería meramente profesional. Y, desde luego, no podía coincidir con ella cuando estuviera en la ciudad. De hecho, tenía que evitarla a toda costa.

Pero AJ sí podría llamarla... Le había dicho que no volverían a verse, pero eso no significaba que no pudieran hablar por teléfono.

10

Al día siguiente, bien entrada la noche, Beth contestaba el teléfono al primer timbrazo.

—¿Diga? —parecía sobresaltada y su voz sonaba ronca.

—Soy AJ, ¿te he despertado?

—No, no, estaba despierta, en mi estudio.

—Ya sé que es tarde, pero estaba pensando en ti.

—¿Estás en la ciudad? —le preguntó Beth esperanzada.

—Lo siento, me encantaría —se estiró sobre la cama, apoyando la cabeza en la almohada—. ¿Cómo estás, Beth?

—Muy bien, ¿y tú?

—Bien también. Te acuestas tarde —dijo, por decir algo.

—Últimamente me cuesta dormir.

—¿Y eso por qué?

—He estado nerviosa, preocupada, supongo.

—Yo también.

—No dejo de recordar las noches que hemos pasado juntos —confesó Beth con la voz ronca.

—¿Y de qué te acuerdas?

—¿De verdad quieres saberlo?

—Oh, claro que sí —en ese momento estaba duro como una piedra—. Quiero saber cada detalle. A lo mejor, hablar sobre ello nos ayuda.

Oyó que Beth contenía la respiración.

—De acuerdo, lo haré encantada.

—¿Por qué no te llevas el teléfono a tu dormitorio y te pones cómoda?

—Buena idea.

Cuando volvió a hablarle, por su tono de voz, Rafe dedujo que ya estaba tumbada.

—Ya está, estoy cómoda. ¿Y tú? ¿Estás cómodo?

—Claro que sí, estoy tumbado.

—¿Y qué llevas puesto?

—Una camiseta y un pantalón de chándal —pero aquél no era material para una conversación erótica—. Espera un momento —dejó el teléfono en la mesilla y se quitó la ropa—. Ahora estoy desnudo.

—Mucho mejor. Me gusta imaginarte desnudo.

—¿Y tú? ¿Qué llevas encima? ¿El mismo conjunto de lencería rosa de la otra noche?

—Exactamente. Me recuerda a ti.

—Lo único que quiero es quitártelo para ver tu cuerpo desnudo.

—Me encantaría que pudieras hacerlo, de verdad —dijo, con la voz tan cargada de deseo que casi gemía.

El deseo rugía en el interior de Rafe. Beth lo deseaba tanto como él la deseaba a ella.

—Entonces, ¿por qué no te desnudas? —le dijo con voz ronca—. Podrías describirme lo que estás haciendo.

—De acuerdo —contestó Beth—. La blusa es fría y resbaladiza. Me estoy bajando los tirantes y dejando que acaricien mi piel, como hacías tú con tus dedos.

—Ya lo estoy viendo.

—Y ahora, después de quitarme la blusa, me quito los pantaloncitos.

—¿Estás desnuda? —tragó saliva imaginando su piel pálida y fresca y los pezones oscuros, el vello púbico y el pequeño montículo de su vientre.

—Sí —contestó Beth—, pero esto no es como cuando estabas tú conmigo. Tu boca era cálida y humedecía mis hombros. Y era tan delicada la caricia de tus dedos sobre mi piel...

—Me estoy imaginado tus senos. Y tus pezones... tan suaves que parecen a punto de derretirse, hasta que se yerguen orgullosos.

—Eso me ocurre cuando estoy excitada.

—¿Y ahora estás excitada, Beth?

—Sí. Y estoy acariciándome un pezón, imaginándome que mis dedos son los tuyos.

Rafe contuvo la respiración.

—Me gustaría poder tenerlo en mi boca, sentirlo contra mi lengua.

—Oh, y a mí también —contestó con un susurro casi doloroso—. Tu lengua es tan húmeda, tan fuerte.

—¿Estás húmeda, Beth? Me gusta sentirte húmeda.

Se produjo un silencio tras el que Beth contestó:

—Sí, mucho.

—¿Quieres tocarte para mí? Dobla una pierna, como si estuviera contigo. Así puedo verte, puedo ver tu sexo henchido, ver cuánto me deseas.

—De acuerdo.

—¿Lo estás haciendo?

—Sí, y me estoy tocando —sus palabras eran apenas un suspiro.

—Me encanta tu textura, suave, sedosa.

—Te deseo tanto... —su voz sonaba tan ansiosa que Rafe estaba desesperado por abrazarla, por besarla, por sustituir los dedos de Beth por los suyos.

Pero lo único que podía hacer era cerrar los ojos e imaginarse sus dedos acariciando aquella piel tan delicada—. Estás tan excitada que tu clítoris se asoma pidiendo más caricias, ¿verdad?

—Sí, sí. Oh...

—Y te estás acariciando. Lo distingo por tu voz.

Beth jadeaba en el teléfono.

—Me gusta porque me estás hablando.

—Para eso estoy aquí. Para hacer que te sientas bien. Tan bien que llegues hasta el final.

—Ahora tú, AJ. ¿Estás excitado?

—¿Bromeas? Estoy tan excitado gracias a ti que podría martillear un clavo.

—Acaríciate por mí. Me encanta tu textura.

—Lo estoy haciendo —se agarró con firmeza. Las suyas eran un pobre sustituto de las manos de Beth, pero no le quedaba otra opción.

—Descríbeme lo que estás haciendo.

—Me agarro con fuerza para sentirme como si estuviera dentro de ti —cerró los ojos e imaginó el cuerpo de Beth, imaginó sus dedos sobre su sexo y después su boca, húmeda y caliente.

—Me estoy acercando —jadeó Beth.

—Estupendo. Métete un dedo, como si yo estuviera dentro de ti.

—Quiero que estés dentro de mí, ahora. Quiero que estés dentro de mí...

—Yo también pequeña, yo también. No sabes cuánto lo deseo.

Rafe cerró los ojos mientras escuchaba su respiración agitada. Sentía los dedos de Beth moviéndose sobre él, imaginaba sus pezones erguidos, su cabeza sobre la almohada, su boca entreabierta y su lengua inquieta humedeciendo sus labios.

—Me gustaría poder tenerte dentro de mi boca —susurró Beth.

—Oh, a mí también —se acariciaba imaginando los labios de Beth sobre él.

—Estás cerca del orgasmo, ¿verdad?

—Sí.

—Yo también. Nunca había disfrutado tanto sola.

—Eso es porque estoy contigo cada segundo. Tengo un dedo dentro de ti y lamo tus pezones mientras me fundo contigo.

Pero Rafe quería más. Y lo quería ya. Podía estar en un avión en menos de una hora, pero no. No.

Incrementó el ritmo de sus caricias concentrándose en la imagen de Beth rodeada de cojines y sábanas de seda, deslizando sus dedos en los rincones más jugosos de su cuerpo y jadeando mientras se acercaba al clímax.

Y podría tenerla entre sus brazos en tres horas.

Se obligó a sí mismo a continuar con su fantasía, a imaginar el rubor de su cuello y su rostro, el brillo de sus ojos y sus labios irritados por los besos.

—¿Estás... a punto? —dijo Beth. Era obvio el esfuerzo que hacía para hablar. Sus suaves gemidos le indicaban a Rafe que estaba a punto de perderse.

—Oh, sí, estoy dentro de ti, Beth, presionando con fuerza. Y puedo sentirte. Y me gustas tanto... tanto...

Beth gritó y se oyó un ruido en el teléfono. Rafe no tuvo tiempo de preguntar lo que era porque él mismo se derramó sobre los pantalones de chándal que tomó en el último momento.

Su cuerpo temblaba por la intensidad de aquella liberación. Le costaba creer que hablando por teléfono con alguien hubiera conseguido un orgasmo tan intenso. Y le hacía desear con locura tenerla entre sus brazos.

Algo estaba pasando dentro de él por culpa de aquella mujer. Algo que empezaba a escapar a su control. Había estado a punto de montarse en un avión e ir a buscarla.

—Se me ha caído el teléfono, lo siento —oyó al otro lado de la línea.

—Tenía la esperanza de que no te hubieras caído tú.

—He estado a punto —rió—. Ni en un millón de años me habría imaginado que podía hacer eso por teléfono. Mi amiga Sara no se lo va a creer.

—¿Se lo vas a contar?

—¿Te molestaría que lo hiciera, AJ? ¿Te molestaría saber que he compartido esta experiencia con alguien?

—En absoluto. Me siento honrado de que la consideres una experiencia digna de ser compartida.

—Bien, eso está bien.

Rafe sonrió, consciente de lo mucho que la había aliviado su respuesta.

—Sé que no debería preguntártelo —empezó a decir entonces Beth—, pero ¿hay alguna posibilidad de que regreses a Phoenix? Por asuntos de trabajo, por supuesto. Porque eso del cubito de hielo me gustaría probarlo.

—Es difícil decirlo —no tenía ningún derecho a verla otra vez—. Me gustaría hacerlo, Beth, pero hay muchas cosas que se interponen.

—Claro, lo comprendo.

—Me gustaría estar abrazándote en este momento —¿qué demonios estaba diciendo?

—A mí también —se hizo un silencio mientras la emoción cruzaba a través del cable telefónico.

Rafe la echaba de menos. Y la suave tristeza de su voz le decía que también ella lo echaba de menos.

El clímax la había ayudado a liberar la tensión, pero no se encontraba mejor.

—Por lo menos podemos hablar por teléfono —

dijo Beth—. Y el sexo por teléfono es mejor que la falta de sexo, así que no vaciles a la hora de llamar —se interrumpió un instante, como si pensara que había hablado demasiado—. Hasta que vuelva a estar en circulación, por supuesto.

—Claro —pero la idea de que pudiera estar en brazos de otro hombre lo dejó helado—. Ahora intenta dormir —dijo, poniendo fin a la llamada.

Quería seguir hablando, llenar la sensación de vacío, pero temía que Beth terminara pidiéndole el número de teléfono.

Lo peor de todo era que había vuelto a mentirle. Iba a volver a Phoenix al cabo de sólo unos días. Con una punzada de culpa, recordó que Beth, bajo el seudónimo de Em, le había pedido que quedaran para tomar un café y él había cerrado aquella posibilidad. Era un auténtico canalla. Aquello tenía que parar. Tenía que hacer todo lo posible para evitarla en la revista, evitar cualquier llamada telefónica y no arriesgarse enviando más correos electrónicos. Eso sólo serviría para terminar hiriendo sus sentimientos y, estaba seguro, no la ayudaría en absoluto.

El viernes siguiente, Rafe empujaba la puerta de cristal de *Phoenix Rising* y era inmediatamente saludado por Heather.

—Vaya, señor Jarvis, ¿qué tal el viaje? ¿Y usted, cómo está?

—El viaje ha ido estupendamente y yo estoy muy bien, ¿y tú?

—Mortalmente aburrida. Aquí nunca ocurre nada.

—Siento oírtelo decir.

—Excepto cuando llega usted, por supuesto. Entonces todo se vuelve emocionante. Todo el mundo sale disparado e intenta parecer esencial para la empresa.

Todos excepto Beth, que no iba a estar por allí aquel día.

—¿Sabes si está Will esperándome?

—Todo el mundo lo está esperando. Los pone nerviosos.

Desgraciadamente, ése era el efecto de su trabajo.

—Pero a mí no me pone nerviosa. Sé que en el fondo es un blandengue.

—¿Ah, sí?

—Sí —le guiñó el ojo, coqueteando con él abiertamente.

Rafe sonrió en reconocimiento a sus esfuerzos, pero ignoró el intento.

—¿Te importaría llamar a Will?

—Eh, sé lo que podría ayudarlo. Muéstrese tal como es. Hoy se celebra el día de las secretarias, así que pásese a las once y media por la cocina, la comida será extraordinaria.

Sin perder la sonrisa, Rafe se dirigió hacia el despacho de Will. Estuvieron hablando durante un rato de la necesidad de sustituir a algunos redactores. Después, Will lo condujo al departamento de diseño gráfico para que viera los cambios que se estaban realizando en el diseño de la revista.

Las conversaciones fluían en los despachos por los que pasaban. Era un lugar agradable y los pasillos estaban decorados con docenas de portadas de la revista, lo que evidenciaba el orgullo de los empleados por la misma. Pasaron por la cocina y llegaron al departamento de diseño gráfico.

—Todo me parece magnífico, Will —dijo Rafe mientras Will le enseñaba la plantilla del siguiente número—, tú y tu equipo estáis haciendo un gran trabajo.

Will sonrió y Rafe sintió que el resto de los empleados suspiraban aliviados. Por alguna razón, los aspectos humanos de su trabajo le parecían cada vez más importantes.

Hojeó la revista y al ver la columna de *Sexo en la ciudad*, no pudo evitar una sonrisa.

—Te gusta la nueva columna de Em, ¿eh? —le preguntó Will.

—Mucho. Es fuerte y refrescante.

—Estoy muy orgulloso de ella. Vendrá para el almuerzo, ¿por qué no te quedas a conocerla?

—¿Va a venir hoy? Esto... me encantaría, pero tengo otros planes para el almuerzo.

—Por lo menos quédate a saludarla. Vendrá de un momento a otro.

—Claro, magnífico —dijo, sacó el teléfono de su bolsillo, como si acabara de vibrar—. Perdóname un momento. ¿Sí? —dijo, fingiendo que estaba hablando por teléfono—. Claro, claro, ahora mismo —miró a Will, señaló el teléfono y se dirigió hacia la puerta.

Consciente de que Will debía de pensar que era un histérico, corrió hacia el pasillo, desde donde vio a Beth hablando con Heather en el escritorio de recepción. ¡Dios santo!

Por lo menos Heather la entretendría durante unos minutos. Will cruzó el pasillo a grandes zancadas y se metió en la habitación que había al lado de la cocina, que resultó ser una despensa.

Una vez dentro, comprendió que había sido un error meterse en un lugar en el que necesariamente tendrían que entrar para preparar el almuerzo. No tenía escapatoria. Aquello era una locura. Era el vicepresidente de una importante revista. No debería estar escondido en una despensa evitando a una mujer.

Pero eso era precisamente lo que estaba haciendo. Porque era Beth. Y, vicepresidente o no, se había comportado como un estúpido con ella y, sobre todo, no podía permitir que su situación empeorara. De modo que, de momento, tendría que quedarse donde estaba.

—Estás muy sensual —le dijo Heather a Beth—. Te has recogido el pelo y te has maquillado —se inclinó sobre el escritorio para revisar su atuendo—. Unos pantalones magníficos, y tus zapatos me encantan.

—Gracias —contestó Beth mientras dejaba sobre el escritorio el plato que había elaborado para aportarlo al almuerzo.

—Deberías haberme dicho que ibas a venir, podría haberte traído en coche—comentó Heather—. Vuelvo a casa justo después del almuerzo.

—No se me había ocurrido.

—¿Sabes? Will me ha enseñado tu última columna. Es excelente. Y sé exactamente lo que quieres decir cuando hablas de... —vocalizó «practicar el sexo oral»—. Una cosa que odio es que te empujen la cabeza, como si no supieras lo que tienes que hacer.

—Es cierto —Beth se sonrojó violentamente. Tendría que acostumbrarse a hablar sobre ese tipo de historias si pretendía conservar su columna.

—Will dice que estás pasando una especie de prueba, para saber si mantienes o no la columna. Están locos. Eres demasiado buena para permitir que te vayas.

—Agradezco tu apoyo —quizá debiera tener en cuenta la opinión de Heather para su próxima columna—. ¿Qué piensas del sexo por teléfono, Heather?

—¿El sexo por teléfono? —fulminó a Beth con la mirada—. Soy recepcionista, cariño. Cuando no estoy trabajando, lo último que me apetece es ver un teléfono o tener un orgasmo con un teléfono en la oreja. Aunque a lo mejor, con un manos libres, no estaría mal.

—Buena idea.

—Sí, sexo con un manos libres, no está mal —Heather rió su propio chiste—. ¿Y sabes lo mejor del sexo por teléfono? Que no tienes que arreglarte. Pon eso en tu columna.

—Sí, podría ponerlo.

Heather sonrió de oreja a oreja y, de pronto, pareció recordar algo y se inclinó sobre el mostrador.

—El vice de *Man's Man* está aquí.

—¿Perdón?

—Rafe Jarvis está aquí, ¿todavía no lo conoces?

—No sabía que iba a venir hoy —en el correo electrónico que le había enviado le decía que se pasaría el lunes por la revista, no el viernes.

—Está con Will. Deberías ir a verlo, es magnífico.

El placer de poder conocerlo por fin entraba en conflicto con el dolor que le producía el que le hubiera mentido. Pero a lo mejor había cambiado de planes en el último momento.

Llevó su fuente de frijoles a la cocina y cuando salió, vio que Will le estaba haciendo gestos desde la puerta del departamento de diseño gráfico. Fue a reunirse con él.

—Quiero que conozcas a Rafe Jarvis —le dio Will.

—Claro —contestó ella, con el corazón latiéndole a toda velocidad.

—Ha salido a hacer una llamada. Supongo que volverá en cualquier momento.

Entablaron una pequeña conversación, hasta que el «momento» se convirtió en un cuarto de hora.

—¿Qué le pasa a ese tipo? —Will frunció el ceño—. Le he dicho que ibas a venir y ha salido disparado a hacer una llamada.

—Debía de ser algo importante —era obvio que la estaba evitando. ¿Qué pensaba que iba a hacer? ¿Arrojarse a sus brazos?

—Eh, ¿ésa no es la nueva estrella de *Phoenix Rising*?

Beth se volvió y vio a Garry Voss, el crítico musical de la revista, dirigiéndose hacia ellos. Era un hombre que estaba siempre a la caza de jovencitas, modelos y cantantes, de modo que Beth estuvo a punto de volverse para ver si le estaba hablando a alguien que estuviera tras ella.

Pero Garry le estrechó la mano, mirándola profundamente a los ojos.

—Gracias —contestó Beth—, me limito a hacer mi trabajo.

—Eres demasiado humilde. Todo el mundo con el que he hablado está fascinado con tu columna. Especialmente las mujeres. Eres genial.

—Vaya, gracias. Yo también disfruto haciendo mi trabajo.

—Has cambiado de peinado Éste te favorece mucho.

—Cuidado con este tipo, Em —le dijo Will, y le dirigió a Garry una mirada de advertencia—. Y tú, compórtate.

—Soy completamente inofensivo —dijo Garry, alzando las manos a modo de rendición—. Deberías pasarte por la revista más a menudo —le dijo a Beth—, tenemos ritmos parecidos. Podríamos comparar notas.

—Yo trabajo en mi casa.

—Estoy seguro de que podríamos conseguirte un ordenador —se interrumpió—. Por cierto, ¿qué vas a hacer esta noche? Hoy actúa un grupo de jazz en el Celebrity y me sobra una entrada. ¿Quieres venir conmigo?

—Gracias, Garry, pero creo que no.

—Vamos, anímate, podemos montar una cita después del trabajo —intentó convencerla—. ¿No te apetece conocer sitios nuevos? Además, el menú del Quiero es matador.

—Otro restaurante latino, ¿eh? Estoy deseando probar el ceviche.

—Perfecto, después podríamos acercarnos por el Axiom, para conocer al nuevo discjockey.

—La verdad es que… —¿por qué nos salir con un colega? Seis semanas atrás, se habría sentido intimidada por su reputación. Pero en ese momento, veía aquella invitación como una oportunidad para su próxima columna—. De acuerdo, ¿por qué no?

Quizá fuera la mejor manera de demostrarse que no estaba colgada de AJ. Y si llegaban a acostarse, eso podría demostrarle que era el sexo el que era excepcional, y no un hombre en particular.

Heather salió de la cocina con aspecto enfadado y se dirigió hacia ellos.

—Te necesito en la cocina —le dijo a Garry—. Se supone que hoy es mi día y lo que estoy haciendo es preparar un bufé.

Garry se apartó de la puerta y agarró a Beth del codo, ayudándola a apartarse de su camino.

11

Rafe intentó esconderse detrás de las pilas de refrescos antes de que Heather entrara, pero ella fue demasiado rápida. De modo que lo único que consiguió fue ocultarse detrás de la puerta antes de que Beth pudiera verlo y cerrarla de golpe en cuanto Heather estuvo dentro de la despensa.

—¿Qué está haciendo aquí? —preguntó Heather, más divertida que enfadada.

—Chss —contestó Rafe, señalando hacia la puerta.

—¿Qué ocurre? —preguntó Heather encantada.Al parecer, había personas que adoraban los problemas.

—Estoy en una situación de lo más embarazosa —se frotó el cuello mientras se devanaba los sesos intentando encontrar un motivo para estar allí—. La cuestión es que me he metido aquí por error y ahora me da vergüenza salir.

Era una pobre excusa y, por su puesto, Heather no se la tragó.

—¿Se puede saber qué está pasando aquí? ¿De quién se está escondiendo?

—¿Escondiéndome? ¿Por qué iba a tener que esconderme? —intentó parecer natural, pero a esas alturas, Heather ya lo había identificado como un incauto. El teléfono móvil de Rafe sonó en aquel momento y éste contestó al instante—. ¿Sí? —preguntó en un susurro.

—¿Dónde estás? Em quiere conocerte.

—La conoceré en otro momento, ahora estoy ocupado. Te llamaré dentro de un rato —y colgó.

—Lo he oído todo, ¿lo sabe? Se está escondiendo de Em, ¿verdad?

—¿Por qué iba a querer hacer una cosa así?

—Exactamente, ¿por qué?

¿Qué podía contestar?

—De acuerdo, me has descubierto. La verdad es que tengo una sorpresa para Em y no quiero descubrírsela todavía.

—¿Una sorpresa? ¿Qué sorpresa? —Heather se cruzó de brazos con expresión recelosa.

—No puedes decir una sola palabra, Heather.

—Mis labios están sellados.

—Estoy a punto de darle una columna, pero todavía tengo que esperar a que la aprobación sea oficial. Y se supone que la aprobación definitiva llegará hoy.

—¿Así que va a poder conservar su trabajo? Eso es magnífico. Y lo de ponerla a prueba era insultante, si me permite que se lo diga.

—La cuestión es que pensaba decírselo más tarde... durante la cena —improvisó—, así que no me estropees la sorpresa, ¿de acuerdo?

—Puede contar conmigo —dijo—. ¿Va a invitarla a cenar? Qué gesto tan dulce. Sabía que en el fondo era un osito de peluche. Si pudiera cambiar al menos esa mirada glacial...

—Lo intentaré. Bueno, y ahora dime qué es lo que necesitas de aquí. Será mejor que vuelvas antes de que salgan a buscarte.

—Vasos, platos, servilletas y cubiertos.

Rafe le pasó todo lo que le pedía y le sujetó la puerta.

—¿Quiere que le traiga algo de comida? —le preguntó Heather en un susurro.

—No te preocupes, aquí tengo comida de sobra —tomó una bolsa de patatas fritas de una de las estanterías y la abrió.

Cuando la puerta se cerró tras Heather, Rafe, creyéndose seguro, se sentó sobre una pila de latas de refresco para comerse las patatas fritas.

Después de lo ocurrido, tendría que darle a Beth una columna, por supuesto. Le escribiría un correo electrónico para darle la noticia. O, mejor aún, dejaría que fuera Will el que se lo dijera.

Suspiró mientras terminaba las últimas migas de la bolsa. Después se acordó de aquel estúpido crítico de música invitando a Beth a salir. Qué oportunista. Voss era un buen crítico y el tono de su columna era más que correcto, de modo que conservaría su trabajo, algo que Rafe encontraba de pronto irritante. Había tenido oportunidad de conocer a aquel tipo y lo consideraba un auténtico oportunista.

Y al parecer ese canalla por fin había descubierto cómo era Beth realmente. Seguro que había leído entre líneas. Y el problema era que Beth era tan confiada que a todo el mundo le concedía el beneficio de la duda. Maldición.

En cuestión de minutos, el pasillo se llenó de gente. La puerta apenas impedía que llegara hasta él el ruido de sus pasos y sus conversaciones. Por fin, volvió a aparecer Heather.

—Beth se ha ido del edificio.

—Gracias —contestó Rafe, saliendo de la despensa—. Y te agradezco tu discreción.

—No diré nada, se lo prometo —le guiñó el ojo—.

Sabía que en el fondo era un blandengue —y, sin más, salió de nuevo al pasillo.

Rafe suspiró. ¿Qué demonios estaba haciendo? Eran tantas las mentiras que había acumulado que sabía que sólo era cuestión de tiempo el que terminaran desplomándose todas sobre su cabeza. Se dirigió al despacho de Will para disculparse por haber desaparecido tan repentinamente, pero por el camino, el silbido de una sintonía desvió su atención hacia el crítico musical, que estaba reclinado en su asiento, con los pies sobre el escritorio, leyendo las letras de un CD. Debería ir a hablar con él, por el bien de Beth.

En cuanto vio a Rafe, Voss bajó las piernas del escritorio y se levantó.

—Señor Jarvis, Garry Voss —le estrechó la mano y lo miró a los ojos—. Nos conocimos durante su primera visita.

—Sí, me acuerdo.

—Me gusta los cambios que ha hecho en la revista. De hecho, a todos nos gustan.

—¿En qué está trabajando ahora? —le preguntó Rafe, señalando hacia su ordenador.

—Estoy escribiendo la reseña sobre un disco de jazz que acaba de salir al mercado —le tendió el CD—. Estos tipos son geniales.

—Sí, los conozco.

—¿Y le gustan? Porque me sobra una entrada para ir al concierto de esta noche —abrió un cajón, sacó un sobre y se lo tendió—. Lo invitaría a venir conmigo, pero tengo una cita.

Con Beth, ya lo sabía.

—No me gustaría interferir en su cita —contestó Rafe, deseando hacer exactamente eso.

—No tendría por qué hacerlo. Tenemos reservados unas cuantas butacas. Son los asientos para los críticos, por supuesto.

—Por supuesto —qué hombre tan pagado de sí mismo. Estaba convencido de que Beth jamás se acostaría con un hombre como él.

¿O sí?

—Después podríamos quedar para tomar una copa —dijo Voss.

—Dudo que pueda ir —contestó Rafe, intentando devolverle el sobre—, pero gracias de todas maneras.

Voss se negaba a aceptarlo.

—Quédeselo, por si cambia de opinión.

En realidad, aquel tipo no tenía tan mala pinta como en un principio había pensado, tuvo que admitir Rafe. Y Beth era una mujer adulta. Si quería acostarse con él, tenía todo el derecho del mundo a hacerlo.

Durante un instante fugaz, pensó en la posibilidad de acercarse al concierto, aunque sólo fuera para verla. Pero sería demasiado arriesgado, aunque permanecieran en todo momento a oscuras. Y en el caso de que Beth lo reconociera, pensaría que la rata oportunista era él, y no Voss. Y tendría todo el derecho del mundo a pensarlo.

Garry Voss demostró ser un acompañante encantador. Menos ampuloso de lo que Beth pensaba, se mostró como un hombre de risa fácil y sonrisa abierta. La escuchaba atentamente, hacía preguntas pertinentes y consiguió que la conversación fluyera en todo momento. Absolutamente encantador.

Beth nunca había trabajado en una columna con un colega, y resultó muy divertido. Cenaron en el restaurante latino, probaron los postres de un famoso local y después asistieron al concierto. Cuando acabó, estuvieron hablando de cómo abordarían sus columnas respectivas. En definitiva, fue una noche adorable.

Excepto en aquel momento, cuando Voss estaba

llevándola a su casa y Beth estaba comenzando a sudar. ¿Qué iba a hacer después de todo aquello?

Había disfrutado con Garry, pero no quería acostarse con él. Le había resultado agradable que éste posara la mano en su espalda mientras paseaban. Incluso había podido llegar a sentir en algún momento un inicio de excitación, pero parecía haber desaparecido por completo.

Y era una pena, porque Garry era la persona perfecta para una aventura de una noche.

Llegaron a su casa y Garry frenó.

Beth tomó aire y se volvió hacia él con intención de poner fin cuanto antes a aquella situación.

—Gracias por esta noche tan adorable. Ha sido una cita magnífica, yo…

Sin previa advertencia, Garry enmarcó su rostro entre las manos, la besó suavemente y esperó su reacción. Beth no sintió… nada.

Garry retrocedió y sonrió.

—Así que esta noche no, ¿eh?

—Creo que no. Lo siento, Garry.

—No te preocupes. Pero cuando escribas sobre mí, porque sé que lo harás, sé amable.

—Escribiré «fue una noche magnífica».

—Yo pensaba que había química entre nosotros, pero pareces… preocupada.

Así era como se había sentido en todo momento. Como si no fuera una mujer libre, como si su libido llevara un letrero de «no disponible». ¿Sería por culpa de AJ? Porque si era así, aquello iba a ser un desastre. AJ había desaparecido del mapa.

—Lo siento —le dijo a Garry—, tú no tienes la culpa.

—Oh, eso ya lo sé —contestó Garry con una sonrisa, como si quisiera burlarse de su propia arrogancia—. Quizá la próxima vez —le acarició la mejilla.

—Quizá.

—Y si no, seguiremos siendo compañeros de trabajo.

Era un hombre tan sencillo, nada de complicaciones, ni de egos heridos. Sería bueno entrevistarlo para su columna.

—¿Podría hacerte algunas preguntas sobre las citas, Garry? ¿Sobre cómo decides cuándo quieres acostarte con una mujer?

—Vaya, así que voy a convertirme en un tema para tu columna, ¿tienes café en casa?

—Una mezcla preparada por mí. Café de Hawaii con Jamaica Blue.

—Sabía que serías genial. Y no sólo preparando café. Es una pena que no hayamos conectado.

Rafe se despertó al oír una sirena en la distancia. Se había quedado dormido en el coche esperando la llegada de Beth. Lo único que quería era verla llegar sana y salva a su casa. Y ver cómo la dejaba Voss.

Pestañeó y miró el reloj. Eran las doce. Alzó la mirada hacia el bloque de Beth. Había aparcado a cierta distancia para asegurarse de que Beth no lo viera. Se fijó en un deportivo plateado aparcado en la acera de su casa. Era exactamente la clase de coche que conduciría un tipo como Voss.

Se había perdido la llegada y, a juzgar por la hora que era la última vez que había mirado el reloj, debían de llevar dentro cerca de una hora. ¿Al final habría decidido acostarse con él?

Inmediatamente saltaron las campanas de alarma. ¿Qué ocurriría si sólo había invitado a Garry a tomar un café y éste le daba otro sentido a su invitación? Tenía que asegurarse de que estaba bien. Sacó el teléfono móvil, pero justo en aquel momento, la puerta de casa de Beth se abrió y salió Voss al porche. Voss se dirigió hacia su coche mirando hacia atrás para poder ver a Beth, que lo observaba sonriente desde la puerta, como había hecho con Rafe la última vez que había estado con ella.

Era evidente que Voss y Beth se lo habían pasado bien. ¿Pero se habrían acostado? Ni siquiera un jugador como Voss podía ser tan rápido. ¿Y qué hombre se conformaría con una sola vez teniendo en la cama a una mujer como Beth?

¿Pero qué demonios le ocurría? Aquello era una locura. Beth no necesitaba su protección. Beth era perfectamente capaz de cuidarse sola.

En cuanto se cerró la puerta de la casa, Rafe arrancó el coche y condujo hacia su hotel, maldiciéndose a sí mismo durante todo el trayecto.

Tomaría el primer avión que saliera hacia San Francisco y se olvidaría de Beth. Dejaría de enviarle correos electrónicos. Bueno, le escribiría para decirle que iba a conservar su columna. Pero nada más.

A la mañana siguiente, Rafe permanecía en el mostrador de facturación del aeropuerto, aceptando el billete que le ofrecía la empleada que estaba tras el mostrador.

—Ya lo tiene —dijo ésta sonriendo—. ¿De vuelta al hogar?

¿Al hogar? ¿Podía considerar su hogar aquel apartamento vacío con olor a desinfectante? Pensó en Beth, en sus sábanas de seda rosa rodeada de cojines. Pensó en su boca dulce y en sus ojos. Si no fuera porque había mentido sobre su identidad, volvería a verla, estaba seguro. No se había sentido así con una mujer desde...

Diablos, jamás había sentido nada parecido por una mujer.

¿Cómo podía entonces alejarse de ella?

—¿Señor? ¿Quiere algo más?

La gente que esperaba tras él comenzaba a impacientarse, pero Rafe no podía moverse. Si le dijera la verdad, quizá pudiera continuar viéndola...

—¿Señor? ¿Quiere algo más?

—Sí, necesito cancelar este billete. He olvidado algo muy importante.

Aquella idea hizo fluir la felicidad en su interior. Podía decirle la verdad, alejar aquella nube negra cargada de mentiras. Al principio, Beth se enfadaría, por supuesto, pero ella también tenía un secreto, pues había utilizado a AJ para su columna... De alguna manera, conseguirían superar aquellas tensiones y comenzar de nuevo.

Beth se despertó al oír a sus perros, que ladraban y saltaban por la cama como si fuera un trampolín. Medio dormida, se dio cuenta de que estaba sonando el timbre de la puerta. Miró el reloj. ¿Las siete de la mañana? Se había quedado dormida a las dos, con el manual de sexo en el pecho, después de haber entrevistado a Garry. Se puso la bata y las zapatillas y, malhumorada y somnolienta, caminó hasta la puerta.

Miró por la mirilla. ¿AJ? Se frotó los ojos y volvió a mirar. Sí, era él. Abrió inmediatamente.

—¿AJ? ¡Eres tú! ¡Estás aquí!

—¿Puedo pasar?

Beth retrocedió para dejarlo pasar y AJ entró, sosteniéndole la mirada e ignorando a los perros que correteaban a su alrededor.

—Sólo quiero poder pasar más tiempo contigo, Beth —le dijo, como si estuviera confesando un gran pecado.

—Yo también —susurró ella. Pensó entonces que quizá debería salir corriendo para ponerse más presentable, pero lo que hizo fue arrojarse a sus brazos para besarlo.

Rafe la abrazó con fuerza y le devolvió el beso, inmensamente aliviado.

Y después de unos minutos adorables, se separó de ella para decirle:

—Sé que no sabes muchas cosas sobre mí, así que he venido para intentar llenar esas lagunas.

—Muy bien —contestó Beth.

En ocasiones anteriores, lo había asustado con sus preguntas, de modo que no iba a comenzar a interrogarlo. De momento sabía lo más importante: que sus sentimientos hacia AJ no eran una locura. Aquel hombre había cruzado el continente para estar con ella.

—Pero ahora vamos a la cama.

—¿Estás segura?

—Completamente —por una vez en su vida, quería ser absolutamente espontánea.

Sin decir una sola palabra, AJ la levantó en brazos. Beth rió encantada y le rodeó el cuello con los brazos. Pero, en cuanto llegaron al dormitorio, se fijó en el manual sobre sexo que había estado leyendo la noche anterior.

En el instante en el que AJ la dejó en la cama, Beth escondió el manual. Pero la verdad era que AJ ni siquiera se había fijado en el libro. Estaba demasiado ocupado desnudándola a ella y desnudándose él.

—Quiero estar dentro de ti —le dijo.

—Sí, sí, por favor —respondió Beth.

Alargó el brazo hacia la mesilla de noche, donde estaban los preservativos, pero AJ le tomó la mano para hacerse cargo personalmente de aquel asunto. Tomó un preservativo, abrió su envoltorio con rápida eficacia y se cernió sobre ella.

Beth no podía negarlo. Le encantaba aquella sensación de sentirse atrapada por él. Estiró los brazos por encima de la cabeza y, como si le hubiera leído el pensamiento, AJ la sujetó por las muñecas. Beth estaba indefensa, completamente a su merced. Y se estaba derritiendo de placer.

—¿Es esto lo que quieres? —preguntó AJ, poseyéndola con sus manos y sus ojos y atrapando sus piernas con las suyas.

—Sí, y que estés dentro de mí.

AJ le sostuvo la mirada durante algunos segundos. La ternura y la excitación se fundían en sus ojos. Unos ojos cálidos, abiertos y absolutamente fijos en ella.

Se deslizó en su interior con una única embestida, pronunciando su nombre como si hubiera tenido que esperar una eternidad para estar con ella.

—Oh, sí, así —susurró Beth, agradecida.

Lo ansiaba con locura. Quería acariciarlo, pero él continuaba manteniéndola sujeta mientras empujaba con una fuerza perfecta y un ritmo exquisito. Beth alzó las caderas para intensificar su contacto. Ninguno de los dos hablaba, dejaban que sus ojos y sus cuerpos hablaran por ellos mientras Beth avanzaba firmemente hacia el clímax.

Cuando estaba a punto de llegar, AJ aminoró el ritmo y la miró a los ojos.

—Por favor —le suplicó Beth, desesperada.

—Deja que crezca —contestó AJ, sin dejar de sujetarla.

Su rostro estaba tenso por el esfuerzo que estaba haciendo para contenerse. ¿Pero por qué esforzarse tanto? Beth alzó los labios hacia él y lo apretó con sus músculos internos, intentando liberarse.

Pero AJ continuaba sujetándola, haciéndole desearlo todavía más. Y, cuando por fin se movió, fue de forma tan imperceptible que apenas le proporcionó el alivio que buscaba.

—Por favor, más, quiero más.

AJ estaba intentando contenerse para aumentar el placer del orgasmo, Beth lo sabía. Pero ya no pudo continuar haciéndolo y, con un jadeo de desesperación, se hundió con fuerza en su interior con intención de vaciarse dentro de ella. Por fin, por fin, por fin.

Beth abrió las piernas y alzó las caderas, moviéndose salvajemente. Con una última embestida, AJ le provocó el orgasmo. El cuerpo entero de Beth tembló. AJ gritó su nombre en un tono casi desesperado y se vació en su interior.

Casi inmediatamente, cubrió su rostro de besos; su boca, sus mejillas, su cuello, como si nunca fuera bastante. Después, se derrumbó en la cama y la estrechó contra su pecho.

—Ay —dijo, alargó la mano y sacó de debajo de la cabeza el manual que Beth había estado leyendo—. Así que has estado estudiando, ¿eh?

—Un poco —contestó Beth.

—Mmm, ¿y hay algo nuevo que estés interesada en probar?

—Eso lo dejaré para cuando nos aburramos.

—Oh, entonces para eso todavía falta mucho —dejó el libro en el suelo y la miró—. Beth, deberíamos hablar.

—¿Un hombre que quiere hablar? Oh-oh. Antes de que empieces a confesar tus defectos, ¿qué te parecería que preparara el desayuno?

AJ vaciló un instante, y pareció cambiar de opinión.

—Sí, me parece magnífico —suspiró—, pero después tenemos que hablar.

—Claro, pero mejor hacerlo con el estómago lleno. Yo me encargaré de todo, tú descansa. Cuando has llegado, tenías un aspecto terrible.

—No he podido dormir pensando en ti.

—Me alegro —contestó Beth, sintiéndose como en un sueño—. Ahora mismo vuelvo.

Se volvió sin avergonzarse en absoluto de su desnudez. AJ adoraba su cuerpo. La quería. No se atrevía a decir que la amaba porque era demasiado pronto para eso. Si ni siquiera sabía todavía su apellido, por el amor de Dios.

Pero había dicho que quería hablar de sí mismo. Llenar las lagunas. En cualquier caso, Beth ya sabía muchas cosas sobre él tras haber pasado tantas noches juntos. Sabía que era un hombre considerado, inteligente e ingenioso. Y ésas eran cosas mucho más importantes que cualquier otro dato que quisiera compartir con ella.

12

Rafe deslizó los brazos a lo largo de las sábanas, deleitándose en el contacto de aquella textura sedosa, y de pronto rozó algo peludo. Ditzy gruñó, lo miró y resopló antes de dejar caer la cabeza en la almohada. Encontrar perros por todas partes era irritante, pero le había encantado lo felices que parecían de volver a verlo. ¿Pero desde cuándo le habían importado a él las mascotas?

Desde que había conocido a Beth.

Se colocó la almohada detrás de la cabeza y miró a su alrededor. La habitación estaba llena de muebles y objetos, botellitas de cristal, fotos enmarcadas, flores, velas, libros. Todo muy propio de Beth.

Y resultaba un poco abrumador.

Sin embargo, le gustaba mucho el olor: se mezclaban el olor de las velas, de las flores frescas y el de la dulzura de la propia Beth.

Desde la cocina le llegaba el olor de los gofres que Beth estaba preparando. Para él era un olor navideño; cuando era niño, su madre siempre estaba demasiado ocupada como para prepararle gofres o tortitas para desayunar. De modo que él asociaba aquel olor a las vacaciones. Y con Beth, todos los días eran vacaciones.

Palmeó la cama, buscando sus calzoncillos. No hubo suerte. Miró a su alrededor, tampoco estaban allí. Miró debajo de la cama y los descubrió junto a un objeto plano que también sacó. Era una fotografía enmarcada en la que aparecía Beth delante de un cartel que anunciaba un viaje al Caribe, rodeando con el brazo a alguien que había desaparecido de la fotografía gracias a dos tiras adhesivas.

Tenía que ser ese hombre. El novio al que había hecho referencia, el motivo por el que había estado fuera de la circulación. Era obvio que aquel hombre le había hecho daño. El ángel protector que Rafe llevaba dentro se enfureció.

Beth tenía un corazón tan grande, era tan generosa...

Y se parecía tan poco a las mujeres con las que acostumbraba a salir... Ninguna mujer había esperado de él nada más de lo que estaba dispuesto a dar.

Pero Beth querría mucho más. Beth lo querría todo. De momento, parecía conformarse con lo que habían compartido, ¿pero cuánto tiempo tardaría...?

—¿Cómo te gusta el ca...?

Al oír la voz de Beth, Rafe alzó la mirada. Permanecía quieta en la puerta, desnuda y con la mirada fija en el marco que Rafe sostenía en la mano. Qué manera de arruinar aquel momento.

—He ido a buscar los calzoncillos debajo de la cama y me he encontrado esto. Lo siento.

—No pasa nada —tomó la fotografía con el rostro sonrojado e intentó sonreír—. ¿Teníamos que hablar, no? Supongo que ésta puede ser una manera de empezar.

Bajó la mirada hacia la fotografía y su sonrisa se transformó en un gesto de tristeza. Tomó el marco y lo estrechó contra su pecho.

—No tienes por qué decirme nada, Beth. No es asunto mío.

Beth dejó la fotografía sobre la cómoda.

—Ése era mi novio, Blaine Richardson. Hace un año estábamos planificando un crucero al Caribe. Pero Blaine resultó ser un hombre diferente al que yo pensaba que era.

Beth caminó hacia él, con la mirada llena de esperanza y honestidad. Rafe la abrazó, sintiendo una necesidad de protegerla tan fuerte que la hacía temblar.

—Me quería, lo sé, y creo que pensaba sugerirme que formalizáramos nuestra relación cuando estuviéramos disfrutando de ese crucero. Pero nunca lo hicimos; ocurrió algo, creo que su negocio se hundió y le daba vergüenza decírmelo. Por lo menos ésa es mi teoría. Y sigo pensando que debería haberme dado cuenta de que ocurría algo malo.

—¿No te lo explicó él?

—No, la última vez que lo vi, estaba a punto de salir de la ciudad para hacer un viaje de negocios. No he vuelto a verlo desde entonces.

Como su padre, comprendió Rafe. Ese tipo había desaparecido sin decir nada.

—Era algo completamente impropio de él. Me quedé estupefacta. Y más tarde, descubrí que... que también mis ahorros habían desaparecido.

—¿Te robó tu dinero?

—Evidentemente. Yo sabía que necesitaba inversores para su negocio; a él no le gustaba hablar conmigo sobre ello, pero estaba preocupado.

—¿Cómo accedió a tu dinero?

—Falsificó mi firma en un cheque.

—¿Y se llevó mucho dinero? Perdona la pregunta.

—Veinte mil dólares. Prácticamente todo lo que tenía en la cuenta —intentó sonreír—. Quizá confié demasiado en él, pero Blaine me quería y sé que era feliz conmigo. Fue muy extraño. Como te he dicho, debió de ocurrirle algo a su negocio.

—Algunos estafadores son auténticos artistas, Beth, no te culpes a ti misma. Son expertos en fingir sentimientos. Y su secreto es que llegan a creerse sus propias mentiras. ¿La policía lo buscó?

—Lo único que se averiguó durante la investigación fue que había estado trabajando en Florida bajo un nombre diferente… Bill Donaldson, creo que era. Me advirtieron que la posibilidad de que recuperara mi dinero, incluso en el caso de que lo encontraran, era muy pequeña.

—Siento que hayas tenido que encontrarte con ese… canalla —respondió Rafe rabioso.

—No era un canalla. Le ocurrió algo a su negocio, le entró pánico y se llevó el dinero. A lo mejor tenía deudas con alguien peligroso. Nunca lo sabré. Hace un año que ocurrió todo esto y ya lo he superado. Al principio, estaba muy dolida, no entendía nada. Durante una temporada, estuve completamente cerrada, emocionalmente, quiero decir. Pero ahora, y en parte gracias a ti, he vuelto a la vida.

Le rodeó el cuello con los brazos y lo miró a los ojos esperanzada.

—Por eso me ha sentado tan bien estar contigo. Porque eres sincero y directo. Y me encanta que quieras hablarme de ti.

—Sí, claro que quiero —contestó Rafe, sintiéndose terriblemente culpable.

La abrazó con delicadeza, preparándose para decirle la verdad. Tomó aire, inhalando su dulce aroma a flores y a vainilla y…

Los gofres se estaban quemando. Aquel olor agrio se extendía por toda la habitación.

—¡Los gofres! —gritó Beth, desasiéndose de su abrazo y corriendo hacia la cocina.

Rafe la siguió, aliviado de poder tener un momento de respiro antes de revelarle su verdadera identidad.

En cuestión de segundos, estaban ocupados rescatando los restos del desayuno. Rafe sacó los gofres abrasados de la plancha mientras esperaba el momento adecuado para comenzar a relatar su triste historia. Beth hizo café y echó mantequilla en la plancha. Se volvió hacia Rafe con una sonrisa y éste supo entonces que aquél era el momento de empezar.

—Beth, escucha, tengo que decirte…

Sonó el timbre de la puerta.

—Oh, no —dijo Beth, cruzando los brazos sobre sus senos desnudos. Abrió los ojos asustada, como si fuera una niña a la que acabaran de atrapar haciendo algo malo. Corrió a la puerta y miró por la mirilla—. Es mi hermano —susurró—. Un momento —gritó, y fue corriendo hasta su dormitorio.

Rafe siguió su pálida y adorable espalda y la encontró frente al armario, sacando su ropa. Y mientras la observaba vestirse, se puso los calzoncillos y los pantalones.

—Qué situación tan embarazosa. ¿Qué voy a decirle? ¿Qué pensará que estás haciendo aquí?

—¿Quieres que me esconda en el cuarto de baño? —bromeó Rafe.

—Qué tontería. Le diré que eres… que has venido. Oh, no sé qué decirle. Y por el amor de Dios, ponte una camisa.

—Puedo fingir que soy un misionero —contestó Rafe mientras se abrochaba la camisa—, que estoy intentando convertirte a alguna religión.

—Eso no tiene gracia.

—Dile, sencillamente, que soy un amigo —la abrazó y la miró a los ojos.

—Sí, eso es cierto —contestó Beth aterrada—. Pero ahora ponte los zapatos.

—Eres una mujer adulta, no una monja, Beth. Te acuestas con hombres. Y tu hermano está al corriente de tu columna, ¿no?

—Pero no quiero tener que dar explicaciones, o que interprete que aquí hay algo más… —escrutó el rostro de Rafe con la mirada. ¿Había algo más en su relación?

Rafe sintió un ya familiar anhelo en el pecho. No tenía la menor idea de cómo contestarle.

—Todo saldrá bien —le dijo.

Beth tomó aire y regresó al cuarto de estar. Y tras mirar por última vez a Rafe, como si quisiera asegurarse de que todavía estaba allí, abrió la puerta.

—¿Por qué has tardado tanto? —contestó el joven que estaba tras la puerta—. He estado esperando durante… —se interrumpió al ver a Rafe.

—Éste es AJ, un amigo. AJ, mi hermano Timmy.

—Encantado de conocerte —lo saludó Timmy estrechándole la mano. Y no parecía muy sorprendido al encontrarse a un desconocido descalzo en casa de su hermana—. ¿Qué estabas cocinando? —olfateó—. O, mejor dicho, ¿qué estabas quemando?

—Gofres —contestó Beth—. La primera tanda se me ha quemado.

—Me encantan los gofres —dijo Timmy, frotándose las manos—, ¿puedo quedarme?

—La verdad es que… —dijo Beth.

—Claro —intervino Rafe—, por supuesto —era una estupidez, pero una parte de él agradecía aquel nuevo retraso.

—Pondré la mesa —dijo su hermano, y se dirigió a la cocina.

Beth miró a Rafe con el ceño fruncido y éste se encogió de hombros avergonzado antes de dirigirse hacia la cocina.

Timmy había ido a pedirle a Beth el coche para ir a hacer un reparto. Le contó una historia sobre un préstamo que le había hecho a un amigo que, advirtió Rafe, irritó sobremanera a su hermana. Ayudó a Beth a terminar de preparar el desayuno y pronto estuvieron los tres sentados a la mesa frente a los gofres, la mermelada de fresa, la nata y sus respectivas tazas del humeante y delicioso café.

Beth no dejaba de dirigirle a Rafe miradas cargadas de nostalgia mientras comían y, en cuanto Timmy terminó el último bocado del último gofre, le dijo:

—¿No deberías ir a hacer ese reparto?

—Antes fregaré los platos —contestó Tim—, ¿por qué no me echas una mano, AJ?

—Claro.

Beth suspiró.

—Iré a lavarme los dientes.

En cuanto Beth se marchó, Timmy se volvió hacia Rafe.

—Le gustas —le dijo. Su expresión era una curiosa mezcla de curiosidad, alegría y preocupación.

—Y a mí me gusta ella —contestó Rafe mientras llevaba los platos al fregadero.

Timmy lo siguió con las tazas.

—No es tan dura como parece —echó jabón en el fregadero y abrió el grifo.

—Lo sé —contestó Rafe, consciente de que pondría a prueba la dureza de Beth en el momento en el que Timmy se marchara.

—Estuvo con un canalla que la engañó —dijo Tim mientras enjuagaba los platos.

—Mira, lo último que quiero es hacerle daño a tu

hermana —el nudo de culpabilidad que se le había formado en las entrañas era cada vez más tenso.

—Sólo quería que lo supieras… Rafe. Y creo que ese plato ya está limpio.

—Oh, de acuerdo —contestó Rafe, tendiéndole el plato en cuestión a Timmy.

—Entonces, lo sabes, ¿verdad?

—Sí, lo sé.

Beth regresó a la cocina, con los dientes limpios, el pelo peinado y ligeramente maquillada, decidida a hacer salir a su hermano de casa. No sabía durante cuánto pensaba prolongar AJ su visita y quería tenerlo para ella sola durante todo el tiempo que fuera posible. Tenían que hablar y además, quería explicarle lo de su columna.

De modo que se dirigía hacia Timmy, dispuesta a pedirle que se marchara, cuando éste le tiró el trapo de secar los platos.

—Lo siento, tengo que irme. Beth, necesito las llaves del coche. Cuando vuelva, puedes llevarme a casa y quedarte a cenar. Y podrías llevar también a AJ —comentó casualmente, pero estaba claro que estaba intentando definir cuál era el estado de su relación.

—Timmy… —le advirtió Beth.

—¿Por qué no vienes? —le dijo Timmy a AJ—. La comida será estupenda.

—Eso depende de unas cuantas cosas —algo había pasado entre los dos hombres. AJ parecía tenso. ¿Qué habría pasado mientras ella estaba en el cuarto de baño?

A lo mejor lo había molestado lo que le había contado de Blaine. Quizá la compadeciera. Seguramente, había sido un error decírselo tan pronto.

Acompañó a Timmy hasta el coche para intentar averiguar lo que había pasado mientras ella se estaba cepillando inocentemente los dientes.

—Espero que no le hayas sometido a un interrogatorio.

—Por supuesto que no. Sólo quería conocerlo.

—¿De verdad?

—De verdad. Parece un buen tipo, pero ten cuidado, los hombres pueden ser muy engañosos.

—Soy una mujer adulta, Timmy. Sé lo que estoy haciendo.

Timmy se metió en el coche y miró a su hermana por la ventanilla, con los ojos entrecerrados para protegerse del sol.

—Gracias por el coche. Te llenaré el depósito. Y algún día te pagaré todo lo que estás haciendo por mí. No lo olvides —le dijo con la sonrisa firme y decidida que lo acompañaba siempre que hacía aquella promesa.

Beth volvió a la cocina, que AJ había dejado impecable. Aquel hombre se apuntaba tantos, aunque quizá estuviera intentando mostrar lo mejor de sí mismo. Beth se acercó hacia él y le rodeó el cuello con los brazos.

—Gracias por limpiarlo todo. Y siento la interrupción de Tim.

—Quería asegurarse de quién era —pero el distanciamiento que reflejaban sus ojos se había duplicado. Definitivamente, estaba molesto.

—Sea lo que sea lo que te haya dicho de mí, olvídalo. Y olvídate también de lo de Blaine. Volvamos a disfrutar de la mañana.

—Sí —contestó AJ, tomándole las manos y besándole los nudillos.

Intentaba comportarse de forma natural, pero Beth percibía la preocupación en el ambiente.

Quizá, si hicieran el amor, pensó, las cosas podrían cambiar. Lo besó suavemente, intentando ayudarlo a relajarse, y deslizó sus caderas contra las suyas.

—Podríamos probar algunas de las cosas que aparecen en el libro —musitó—. ¿Como el sexo tántrico, quizá?

AJ vaciló un instante y después le devolvió el beso apasionadamente. Beth se deleitó en aquel calor ya familiar y en el alivio de saber que pronto estarían donde tan alegremente estaban dos horas atrás.

Y una vez renovados por el sexo, podrían hablar.

Pero el timbre volvió a sonar.

Los perros comenzaron a ladrar entusiasmados.

AJ no parecía querer soltarla, pero el timbre continuó sonando, así que al final Beth se apartó con desgana de sus brazos.

A través de la mirilla, vio que era Heather. Maldita fuera... no podía ser más inoportuna. Pero llevaba algo... ¿qué era eso? ¿Globos? ¿Qué demonios...?

Beth abrió la puerta y Heather se precipitó a entrar.

—¡Felicidades! —dijo, y se arrojó a sus brazos.

AJ tomó aire tras ella.

—¿Felicidades por qué?

—Por tu columna, por supuesto. Por cierto, ¿me puedes dejar una de tus fuentes?

—¿Por mi columna? —preguntó Beth, mirando alternativamente a los globos y a Heather.

—¿No lo sabes todavía? —Heather miró a AJ con expresión vacilante—. ¿No se lo has dicho?

¿Heather conocía a AJ?

Beth se volvió para mirar el sorprendido y avergonzado rostro de su amante.

—¿Decirme qué? —su mente trabajaba muy lentamente mientras intentaba entender todo aquello... globos, felicitaciones... y además Heather conocía a AJ.

—¿Me he adelantado, Rafe? —dijo Heather—. Me dijiste que pensabas decírselo ayer por la noche. Anda, estás descalzo… Oh-oh…

—¿Rafe? —Beth se volvió hacia AJ—. ¿Tú eres Rafe?

Rafe asintió con inmenso dolor.

—Adam Rafael Jarvis, AJ para los amigos y Rafe para el resto del mundo. De eso quería hablarte.

—Ya entiendo —contestó Beth, que realmente estaba comenzando a comprender.

—En cualquier caso, lo más importante es que has conseguido tu columna —dijo Heather, tendiéndole los globos y sonriendo incómoda ante la evidente tensión que comenzaba a crepitar en el ambiente—. Rafe me lo dijo cuando ayer lo descubrí escondiéndose en la despensa.

—¿Escondiéndose?

—Sí, se estaba escondiendo de ti… para darte una sorpresa más tarde… —se le quebró la voz.

—¿Te estabas escondiendo de mí? —preguntó Beth, mirando fijamente a AJ.

—Mira, si estáis ocupados, puedes dejarme la fuente más tarde —dijo Heather—. Llámame cuando puedas —Heather se dirigió hacia la puerta, la abrió y se fue, dejando a Beth y a AJ-Rafe mirándose el uno al otro en medio de un silencio cargado de electricidad.

—¿Cuando nos conocimos en el Grins fingiste no saber quién era? —dijo, recomponiendo poco a poco las piezas.

—No, en realidad no supe que eras Em Samuels hasta que Will me enseñó tu columna a la mañana siguiente. Entonces no quise que pensaras que me había metido intencionadamente en tu vida.

—¿Como lo estoy pensando ahora?

—En el bar, te oí decirle a alguien por teléfono

que tenías que acostarte con un hombre y eso me intrigó.

—Así que decidiste echar una mano a una pobre perdedora.

—Me sentí atraído por ti, y lo sabes. Después, cuando averigüé quién eras, pensé que no me creerías si te decía la verdad.

—Y tenías razón.

—De modo que la opción más fácil era desaparecer, evitarte en la revista y dejar que esta historia se olvidara. Pero el problema era que necesitabas una segunda cita.

—¿Y decidiste hacerme un favor?

—No, yo también quería volver a verte.

Beth sacudió la cabeza. Estaba desconcertada, enfadada y dolida al mismo tiempo.

—Y todos esos correos que me enviabas como Rafe, en los que hablabas sobre mi columna... ¿estabas jugando conmigo?

—No, pero sabía que en el momento en el que supieras quién era yo, te enfadarías y eso complicaría las cosas, de modo que decidí que lo mejor era permanecer callado.

—¿Cómo puedes decir eso? ¿Así que la verdad complica las cosas? Tú, que dices que prefieres ser sincero y directo.

—Y es cierto. Pero esta situación... es diferente.

—Y después, vino el sexo por teléfono. Tampoco me dijiste nada entonces, ¿verdad? —advirtió entonces que todavía tenía los globos en la mano; los soltó y volaron hasta el techo—. ¿Y qué era lo que estaba diciendo Heather sobre mi columna?

—Es tuya. La columna. He decidido dártela — pero su expresión avergonzada indicaba que había algo más.

—¿Y cuándo decidiste dármela exactamente?

—Ayer, supongo.

—Ayer, ¿cuando Heather te encontró encerrado en la despensa, quizá?

—Sí, pero era inevitable. Estabas haciendo un gran trabajo…

—Así que le dijiste a Heather lo de la columna para que mantuviera la boca cerrada —Rafe abrió la boca para contestar, pero Beth se lo impidió—: No, no digas nada, de todas formas, no me lo creeré —su corazón se llenaba de un nuevo dolor.

¿Cómo era posible que le hubiera vuelto a ocurrir? Se había enamorado de un hombre que le mentía.

—Estoy diciéndote la verdad, Beth, por eso he vuelto, para decirte todo y poder pasar más tiempo contigo.

—Sí, claro.

—Sé que te resulta difícil aceptar esto, especialmente después de lo que te pasó con tu novio. Pero yo no soy como él.

—¿Ah, no? ¿Y cómo eres, AJ? ¿O debo llamarte Rafe? Curiosamente, no se te ha ocurrido decirme la verdad hasta que ha aparecido Heather con los globos.

—Sabes que llevo intentando hablar contigo desde que he aparecido en la puerta de tu casa. Si no hubiera venido tu hermano, te lo habría contado todo. Simplemente, he elegido un mal momento.

—Sí, en realidad todo ha sido una concatenación de malos momentos —se sentía mareada, desorientada—. No quiero seguir hablando de esto, ahora no. Necesito pensar. A solas.

—No exageres, Beth. Me importas, ésa es la razón por la que estoy aquí.

—¿Y por qué se supone que tengo que creérmelo?

—Porque es cierto. Te quiero Beth —insistió, en

voz baja y desesperada—. Y creo que tú también me quieres.

Sí, lo quería. Y mucho, comprendió Beth bruscamente.

—¿Cómo era posible que estuvieras conmigo como estabas... sin ser tú mismo? No lo comprendo...

Pero lo comprendía perfectamente. Rafe era capaz de mantener las distancias. Beth había advertido esa distancia en sus ojos desde el primer momento. «No te acerques demasiado», aquella era la advertencia que le hacía permanentemente al mundo.

—Ahora no puedo seguir hablando —dijo. No quería ponerse a llorar delante de él—. Creo que deberías marcharte, AJ, o Rafe, como demonios te llames.

—Sé que todo esto ha sido muy impactante, Beth, pero, mira, tú tampoco has sido especialmente sincera. En ningún momento me dijiste que escribías una columna sobre sexo.

—Es cierto, pero estaba a punto de hacerlo...

—¿Y por qué tengo que creerte?

Se produjo un tenso silencio.

—Tienes razón, AJ. Aprovéchalo a tu favor.

—Yo sólo quiero que veas las dos caras de todo esto —respondió Rafe, suavizando su tono—. Sé por qué no me lo has dicho y no te culpo. Y yo he sido todo lo sincero que he podido, teniendo en cuenta... las circunstancias.

Beth lo miró. Había sido todo lo sincero que podía llegar a ser sin ser él mismo. Qué idea tan dolorosa. Sí, ella también le había mentido, pero su propia culpabilidad sólo le servía para empeorar las cosas.

—Así que nos hemos mentido el uno al otro. Y ahora que sabemos la verdad, todo cambia.

—No tiene por qué.

—Sí, claro que cambia. Antes no sabía nada de ti, excepto que eras honesto conmigo. Pero ahora eso tampoco es cierto. No sé qué pensar.

—Mira, he cometido un error, un error que pretendía corregir hoy. ¿No es eso suficiente?

—No, no es suficiente. No eres el hombre que pensaba que eras. Y el hombre que eres, bueno, no sé si quiero conocerlo.

—Estás molesta, no estás escuchándome. Piensa en lo que te he dicho y hablaremos cuando se calmen las cosas.

—Estoy tranquila, absolutamente tranquila, y convencida de que debes marcharte —se acercó a la puerta con las piernas tan entumecidas como su corazón y la abrió.

Rafe permanecía donde estaba, con la esperanza reflejada en la mirada, pero Beth tenía que mantenerse firme.

—Cálzate. Creo que tienes los zapatos debajo de la cama.

Continuó junto a la puerta hasta que Rafe regresó con los zapatos puestos. Se acercó hasta ella.

—Te equivocas sobre mí, Beth, pero quizá tengas razón y lo mejor sea que me vaya. No soy la clase de hombre que realmente quieres. No soy un hombre de relaciones largas. Lo único que yo quería era poder pasar más tiempo contigo. Supongo que es algo completamente egoísta, yo...

Antes de que pudiera continuar, Beth intervino.

—Nunca te apegas a nada, ¿verdad? —Rafe la miró, comenzó a decir algo, pero pareció arrepentirse—. Por lo menos en eso siempre has sido sincero.

Rafe enmarcó su rostro entre las manos. Beth lo miró a los ojos, esperando ver en ellos un adiós. Pero en vez de una despedida, descubrió la mirada de un hombre capaz de prometerle amor durante el resto de su vida. ¿Cómo podía estar haciéndole algo así?

Pero entonces él se apartó bruscamente; era obvio que había vuelto a confundirse.

—Eres una mujer sorprendente, Beth. Te mereces encontrar un buen hombre —y sin más, se fue, dejando el recuerdo de sus dedos en sus mejillas.

Beth cerró la puerta y permaneció allí, completamente inmovilizada mientras la verdad descendía sobre ella como una triste puesta de sol. Estaba enamorada de AJ. Aquel sentimiento, que había germinado en secreto durante la primera cita, había brotado buscando el cielo aquella mañana y, una vez desaparecido Rafe, continuaba viviendo en su corazón.

Qué tonta había sido. Se había enamorado de un mentiroso, de un extraño. Se había enamorado de una fantasía.

13

Rafe abrió el buzón para sacar el correo. Dos de sus vecinos estaban hablando en el portal. Rafe, correo en mano, pasó por delante de ellos, saludó y se dirigió hacia el ascensor.

Podía imaginarse a Beth sumándose de lleno a la conversación. De hecho, desde que había dejado su casa unas horas antes, todo parecía recordarle a Beth. La sonrisa de la azafata, los artículos de la revista del avión, los perros con los que se cruzaba…

Aquella ruptura le estaba doliendo de una forma terrible. Y eso que ni siquiera había sido una ruptura, puesto que en realidad no estaban juntos. Quizá le dolía tanto porque Beth había asumido lo peor sobre él. Después de la conducta de su ex, era comprensible su tendencia a desconfiar de cualquier hombre, pero a él le dolía de igual manera. Quería redimirse ante sus ojos, demostrarle que era un hombre honrado.

Abrió la puerta de su apartamento y lo encontró limpio y ordenado, gracias a Alice, y muy vacío. A lo mejor debería comprarse un perro, como había sugerido Beth. Alguien menos nervioso que Ditzy, y más pequeño que Boomer...

¿Pero a quién pretendía engañar? Sus continuos viajes hacían imposible que tuviera una mascota. Aunque, por otra parte, si en algún momento decidía dejar *Man's Man* y volvía a escribir... No, continuaría viajando, sin duda.

Dejó la bolsa de viaje en el dormitorio, sacó las llaves y las monedas que llevaba en los bolsillos y las dejó sobre la cómoda. La cómoda de Beth estaba llena de objetos de cristal y de fotografías.

Él ni siquiera tenía una fotografía de sus padres, advirtió. Un momento. Tenía una fotografía que le habían hecho cuando había salido de la universidad. Se la había enviado su madre. Quizá la tuviera en aquella caja en la que guardaba las cosas de la universidad.

En un impulso, sacó la caja que guardaba en lo más recóndito del armario. Buscó entre todos aquellos papeles y encontró una fotografía que el tiempo había amarilleado en la que aparecían sus padres durante su luna de miel, sonriendo y agarrándose del brazo.

En un momento de sentimentalismo, se la había llevado al irse de casa. Le gustaba la alegría que reflejaban sus rostros. Eran tan jóvenes, y parecían tan esperanzados y confiados en su amor.

Se habían divorciado poco después de que él se fuera de casa. Afectado por la ruptura, y en una clara violación del implícito voto de secreto que había hecho la familia de no hablar sobre el tema, Rafe les había dicho a ambos que habían tomado una decisión equivocada.

Las palabras de su madre todavía lo perseguían, porque contenían una especie de advertencia para él: «Tu padre es como un castillo rodeado por un foso. Cuando lo conocí, era tan intenso, tan atento, que no me di cuenta de que no había puente alguno para cruzarlo. Rezo para que tú seas diferente, Rafe, pero si no lo eres, no engañes a ninguna mujer. No le ofrezcas más de lo que estás dispuesto a darle».

La imagen del foso había quedado impresa en su alma y había seguido el consejo de su madre, evitando a las mujeres que podrían confundir su amistad con algo que nunca podría llegar a ser.

Hasta que había conocido a Beth, por supuesto.

Rafe llevó la fotografía de sus padres al dormitorio y la clavó en el corcho que tenía al lado del monitor. Hacía un año que no hablaba con su padre. Hacía tiempo que se había vuelto a casar, pero no parecía muy contento con su segundo matrimonio. Su madre, sin embargo, lo llamaba una vez al mes. A lo mejor debería aceptar el consejo de Beth y verlos más a menudo. A su manera, los quería. Y quizá tuvieran más cosas que contarse después de tantos años.

Con un suspiro, encendió el ordenador para revisar el correo y encontró otro mensaje de Curt Paterson, que quería saber la decisión que había tomado sobre su oferta. Recordó las palabras de Beth: «La vida es demasiado corta para aburrirse o vivirla con tristeza».

Después vio el mensaje con el que le respondía su antiguo editor de Florida. ¿No había dicho Beth que su ex también había hecho algo por allí? Los estafadores adoraban Florida, un lugar lleno de jubilados que fundían allí sus rentas vitalicias. Quizá pudiera investigar algo al respecto. Le pediría a su amigo que buscara información sobre Richardson, o Bill Donaldson, como por lo visto se hacía llamar.

Quizá no fuera lo que Beth necesitaba, pero si podía averiguar algo más sobre la rata que la había engañado, le demostraría que no estaba sola.

Las probabilidades de que lo encontrara eran remotas, pero algo había que hacer, además de servirse un whisky con el que intentar aliviar su tristeza.

Después de que AJ se marchara, Beth se permitió una hora de autocompasión. Se metió en la cama y estuvo llorando sobre la almohada.

Escribiría sobre lo ocurrido, sí. Pero Em no podía aparecer con el corazón roto por culpa de una aventura de tres noches. Em continuaría animada y despreocupada, con toda la maquinaria dispuesta para otra noche de sexo. Y Em nunca se enamoraría de un hombre capaz de mentir.

Pero el problema era que no era Em la que estaba empapando la almohada de lágrimas. Era Beth, total y completamente Beth.

—¿Qué demonios estás bebiendo? —le preguntaba Sara a Beth una semana después, mientras se sentaba en uno de los reservados del Grins y fijaba la mirada en la copa de su amiga.

—Tutti-Frutti Martooti —contestó Beth—. Era lo que estaba bebiendo el día que conocí a AJ, a Rafe, quiero decir.

—Oh, no, no puedes dedicarte a la nostalgia. Eso no es bueno. Y además, no es propio de Em.

—Exacto. Ya es hora de continuar.

Sara había escuchado todas las angustias de Beth, algo que ésta le agradecería eternamente, pero aquella noche no había acudido a su amiga en busca de consuelo. Aquella noche tenía que preparar su columna.

—Empecemos antes de que no pueda sentir las puntas de mis pies.

—¿Te estás emborrachando?

—Eso pretendo.

—¿Así que ése es el plan? ¿Sustituir un corazón roto por una terrible resaca?

—Exactamente. Sería propio de Em, ¿no?

Sara le hizo un gesto a la camarera y le pidió una ginebra. Sara, con los licores, era como con los hombres: le gustaba ir directamente al grano.

Cuando la camarera se fue, Beth conectó la grabadora, tomó el bolígrafo y la libreta y se dispuso a escribir.

—Sara, explícame cómo te diste cuenta de que estabas enamorada.

Sara sonrió y comenzó a contar su historia. Todo había comenzado con una discusión. Rick no estaba conforme con el carísimo restaurante que había elegido Sara para celebrar el tercer mes que llevaban saliendo, así que había sido una cena terrible, se habían marchado sin tomar el postre y se habían ido a la cama enfadados, hasta que, de pronto, Rick se había despertado sintiéndose terriblemente enfermo y había vomitado sobre la alfombra nueva de Sara.

—De lo primero que me di cuenta fue de que no me importaba nada la alfombra. ¡Era increíble! Sólo quería ayudarlo. Lo acompañé al baño, le sostuve la frente y lo limpié.

—Impresionante —dijo Beth.

—Lo sé. No es propio de mí. Descubrí entonces que el amor es que Rick me importe tanto o más que yo misma. Quiero que sea feliz. Y lo mejor de todo es que ese sentimiento continúa incluso en los momentos en los que no lo soporto.

—¿Y él que siente por ti?

—Hace unas semanas me dijo me quería. Es uno de esos tipos a los que les gusta marcar su territorio.

—Pareces muy segura de sus sentimientos, Sara. Me alegro mucho por ti.

—Tú también te sentirás así —le palmeó la mano—. ¿Has vuelto a hablar con AJ?

—¿Te refieres a Rafe? Me llama a veces. Supongo que se siente culpable por haberme mentido y quiere estar seguro de que no estoy contemplando la idea del suicidio.

—Quizá haya alguna esperanza. A lo mejor deberías escucharlo.

—No tiene sentido. Ya ha dejado muy claro que él no es hombre de relaciones permanentes.

—¿Eso te lo ha dicho él?

—Me ha dicho que me merezco un hombre capaz de quedarse siempre a mi lado.

—Qué bonito. Probablemente lo que le pasa es que está asustado. Debes tranquilizarlo. Ese hombre se subestima.

—Mantiene a la gente a distancia. Ni siquiera habla con sus padres. Yo necesito una persona más abierta, alguien con quien pueda compartir mis sentimientos.

—Los hombres odian compartir sus cosas. Lo que tienes que hacer es hablar con él, pero no utilices nunca la palabra «compartir». Para un hombre eso es peor que la muerte.

Beth negó con la cabeza, aunque estaba deseando hacer exactamente eso. Echaba terriblemente de menos a AJ. Aunque creía saber por qué.

—Éramos tan compatibles en la cama que me confundí a la hora de interpretar lo que estaba pasando entre nosotros. Em sólo quería sexo, pero para Beth no es tan sencillo. Lo cual me hace pensar en otro problema, ¿qué demonios hago yo escribiendo una columna de sexo?

—Ése es el problema de estas bebidas estúpidas

que tomas —replicó Sara—, no sólo son engañosas en cuanto a la cantidad de alcohol que tienen, sino que te ciegan. Lo que tienes que hacer es salir y probar, Beth, en vez de esconderte en un búnker, como hiciste cuando se fue Blaine.

—Sí, y mira lo que me ha pasado en cuanto he salido.

—Lo superarás. Conocerás a otro hombre y volverás a ser feliz.

—No quiero conocer a otro hombre.

—Por supuesto que no, ahora es lo último que te apetece, pero a la larga, volverás a entrar en el juego.

—Ése es el problema, Sara, que para mí no es un juego.

—De acuerdo, es una guerra y esta vez has salido herida, pero todavía no te han derrotado.

—Lo haces parecer tan noble... Deberías escribir tú mi columna.

En ese momento, sonó el teléfono de Sara. Cuando contestó, su rostro se iluminó.

—Es Rick —le susurró a Beth—. Ahora no puedo —dijo, volviéndose hacia el teléfono—, todavía estamos hablando.

—Ve a verlo. Con lo que me has contado, ya tengo bastante para la columna.

—¿Estás segura? —le preguntó Sara con los ojos brillantes.

—Claro que estoy segura.

—Muy bien, pero no te tomes otra de esas cosas y come algo, ¿quieres?

Sara se marchó y Beth continuó sentada. Debería irse a casa y escribir el resto de la columna. La parte en la que Sara hablaba del enamoramiento le resultaría fácil, pero el resto... le resultaría difícil escribirlo como Em. Aquel día se sentía muy, muy Beth.

Vio a un hombre sentado al final de la barra. Un

hombre muy atractivo. El tipo de hombre que le gustaría a Em. Beth tomó aire y resopló. Muy bien, empezaría con ese tipo, iniciaría una conversación y coquetearía un poco con él. Aplicaría un torniquete a su corazón sangrante. Ésa podría ser su siguiente columna, claro que sí.

Cuando se acercó la camarera, le pidió otro Martooti para darse ánimos y unas alitas, para no perder el equilibrio. Tomó la copa, comió y se preparó para ponerse en acción.

Cuando se levantó, el bolígrafo con el que había estado tomando notas cayó de su regazo. Podía utilizar la estrategia de AJ, pensó.

Se agachó a por el bolígrafo, pero todo se le tambaleaba. Estaba más bebida de lo que pensaba. Afortunadamente, aparecieron en ese momento un par de piernas ante ella.

El propietario de las piernas la ayudó a levantarse. Su rostro era idéntico al de AJ.

—¿Estás bien? —le preguntó AJ, frunciendo el ceño con expresión preocupada.

—Sí, estoy bien —pestañeó, intentando serenarse—. ¿Qué estás haciendo aquí?

—Estoy alojado en el hotel. ¿Y tú que haces aquí?

—Deberías saberlo. Trabajo en este bar, ¿recuerdas?

—Se trabaja mejor sin estar bebido —contestó AJ, en un tono irritantemente divertido—. Creo que necesitas sentarte.

—Estoy bien.

AJ la agarró del codo y la ayudó a regresar a su asiento. Una vez allí, llamó a la camarera y le pidió un café para Beth.

—Come —le dijo, poniéndole una alita fría bajo la nariz.

—Ya he comido —agarró el ala y la dejó en el

plato—. Pero creo que me está afectando el ron. Y el vodka.

—¿Has vuelto a tomarte otro de esos Martooti.

—Sí, uno doble. O a lo mejor triple, se me ha olvidado.

—Eso no es propio de ti, Beth —le dijo suavemente.

—No, es propio de Em. Y no me mires así.

—Estoy preocupado por ti.

—Oh, por favor.

—Sea lo que sea lo que puedas pensar, tienes que saber que te quiero —posó las manos sobre sus antebrazos.

—¿Todavía? Pues ha pasado ya una semana desde la última vez que nos vimos. Yo pensaba que no te apegabas a nada.

Los ojos de Rafe reflejaron un dolor tan vívido que Beth se arrepintió al instante de lo que acababa de decir.

—No sé por qué te he dicho eso.

—¿Puedo llevarte a tu casa?

—Sí, por favor. Creo que Em ya se ha divertido todo lo que podía divertirse esta noche.

Rafe le pagó la cuenta y se dirigió con ella hasta el coche.

—Ha sido un error pedir una copa doble —susurró Em, apoyando la cabeza en el respaldo—, una normal habría bastado para tranquilizarme y no me habría hecho tambalearme.

AJ no dijo nada, pero cuando llevaba ya unos minutos conduciendo en silencio, le preguntó:

—¿Cómo te van las cosas, Beth?

—Más o menos, ¿y a ti?

—Igual —pero su tono le decía que la echaba de menos.

Sí, se querían el uno al otro, se echaban de menos, pero eso no era suficiente.

Aun así, Beth se sentía feliz estando a su lado, era consciente de su fuerza, de la solidez de su cuerpo y la flexibilidad de sus músculos... La última vez que había montado en coche con él había sido en su descapotable y, después, habían disfrutado de una maravillosa noche de sexo. Y Beth no pudo evitar desear que hubieran sido capaces de mantener las cosas en la misma situación, sin secretos ni mentiras. Cerró los ojos y, cuando volvió a abrirlos otra vez, AJ la estaba llevando en brazos a casa.

—¿Dónde estamos? —preguntó Beth.

—En casa —contestó AJ, por encima de los ladridos de los perros.

Beth se concentró entonces en encontrar las llaves en el bolso y AJ la sujetó para que pudiera meterlas en la cerradura.

Cuando la puerta se abrió, las mascotas salieron a darle a AJ su alegre bienvenida. Beth los miraba sin poder evitar desear que formaran una auténtica familia. Que AJ y ella pudieran hacer el amor y dormir rodeados de un montón de gente y de perros.

Pero, incluso en medio de la nebulosa creada por el alcohol, sabía que era imposible.

AJ la llevó en brazos hasta el dormitorio. Una vez allí, la ayudó a meterse en la cama. Pero Beth no quería que se fuera todavía.

—Es como no haber sabido que era el último bombón.

—¿Perdón?

—Si sabes que es el último, lo saboreas, dejas que se derrita en tu lengua y que te llene la boca. Intentas que dure.

—¿De qué estás hablando? —AJ se sentó en la cama y le apartó el pelo de la cara.

—La última vez que estuvimos juntos no supimos que iba a ser la última.

—Oh, ya comprendo.

—¿Y si pudiéramos disfrutar de una última vez?

AJ se inclinó para darle un beso en la mejilla.

—Ahora no puedes pensar con claridad.

—¿Con cuánta claridad tengo que pensar para hacer algo así?

—Con más de la que crees. Si hicieras algo, mañana te arrepentirías.

—No, no me arrepentiré.

—Yo no soy un hombre hecho para las relaciones estables, Beth. No debes olvidarlo.

—Pero por lo menos podrías intentarlo, ¿sabes? Las relaciones no vienen con un manual de instrucciones. Nadie sabe exactamente lo que tiene que hacer —estaba hablando desde el corazón, lo cual, por supuesto, no era muy inteligente.

—¿Te acuerdas de mi padre? Yo soy exactamente igual, y no podría soportar hacerte daño.

—Soy una mujer adulta —contestó Beth.

Pero ella misma sabía que ése no era el problema. El problema era que Rafe no la quería lo suficiente como para intentarlo.

—Voy a buscarte una aspirina —le dijo Rafe—. Mientras tanto, hazme el favor de desnudarte y taparte. No soy un hombre tan noble.

Y a lo mejor Beth tampoco quería que lo fuera. A lo mejor quería disfrutar de su último bombón.

Cuando Rafe regresó al dormitorio, Beth estaba tumbada de lado en la cama y había dejado la ropa en el suelo.

—Aquí tienes —le dijo Rafe, tendiéndole las aspirinas.

Beth levantó la cabeza de la almohada lo suficiente como para tomar las aspirinas y la dejó caer de nuevo.

—Buenas noches —Rafe se inclinó para darle un beso en la mejilla.

Pero Beth se volvió para encontrarse con su boca. Sabía a alcohol, y a coco, y a Beth. Y Rafe necesitó de toda su fuerza de voluntad para interrumpir el beso.

Beth lo miró con expresión triste.

—¿Puedes quedarte un rato conmigo? Hasta que me quede dormida.

—De acuerdo —contestó Rafe, gruñendo para sí. ¿Quedarse con ella y no hacer el amor? Ya le había dicho que no era tan noble—. Pero sólo hasta que te duermas.

Se quitó los pantalones y se metió en la cama.

Beth se acurrucó contra él, avivando todo el deseo de Rafe por aquel cuerpo desnudo. La deseaba, sí. La deseaba terriblemente. Pero eran también otros los sentimientos que despertaban en su interior. El afecto, una necesidad de protegerla casi sobrecogedora y el deseo de quedarse para siempre a su lado.

—Pensaba que no iba a volver a verte nunca —musitó Beth, acurrucándose contra él.

—Yo también —contestó Rafe.

Debía de estar enamorado. Él nunca se había creído capaz de un sentimiento tan profundo, de llegar a una conexión tan intensa con otra persona. ¿Sería una ilusión? ¿El resultado de un capricho?

Antes de que pudiera averiguarlo, Beth lo sorprendió enredando sus piernas con las suyas y estrechándose sensualmente contra él. Lo besó lentamente y lo miró a los ojos con el deseo desbordando su mirada.

—Quiero hacer el amor —dijo, y no parecía en absoluto bebida—. Una última vez, sólo para recordar.

—Beth, yo ... —Rafe se esforzaba en ser sensato, pero lo único que quería era estar dentro de ella,

—Te deseo —musitó Beth, tomó la mano de Rafe y la posó sobre su sexo húmedo.

Rafe la acarició, adorando sentirla moverse contra sus dedos. Muy bien, una última vez.

En cuestión de segundos, se colocó el preservativo y se deslizó en su interior. Beth jadeó y alzó las caderas, invitándolo a hundirse todavía más en ella.

—Te he echado tanto de menos... —dijo, sus palabras eran un suspiro y un grito al mismo tiempo.

Rafe la besó, intentando decirle que él sentía lo mismo. Con cada una de sus embestidas, con cada elevación de las caderas de Beth, se sentía más enamorado de ella. Beth tenía sus enormes ojos verdes fijos en los suyos, resplandecientes de amor, pero insinuando también una sombra de tristeza.

—Te amo —susurró Beth.

«Yo también te amo», aquellas palabras crecieron en la cabeza de Rafe, se deslizaron hasta su garganta, y allí quedaron atascadas. ¿De qué serviría decirlas? Únicamente para hacer su marcha mucho más dolorosa. Y por cursi que pudiera parecer, él se había tomado muy en serio la promesa que le había hecho a su madre. No quería que Beth se sintiera nunca tan sola y perdida como se había sentido su madre. De modo que, en vez de decir nada, se fundió con ella con todo lo que tenía, entregándole su cuerpo y, lo sabía, también su corazón.

Algún tiempo después, Beth se incorporó bruscamente en la cama y corrió al baño. Rafe la siguió y le sujetó la frente mientras ella vomitaba. Después la ayudó a volver a la cama y la abrazó, feliz de estar con ella sin sentirse culpable.

Beth no tardó en quedarse dormida, pero Rafe tenía demasiadas cosas en la cabeza para hacerlo. Comenzó a pensar en las tareas que tenía pendientes, como la de intentar localizar al tipo que había estafado a Beth. Había ido a Phoenix con intención de atender algunos asuntos relacionados con la revista, pero, sobre todo, para ponerse en contacto con los detectives que habían llevado el caso de Beth.

Incapaz de dormir, alargó la mano hacia sus pantalones para mirar la hora en su teléfono móvil. Eran las dos de la mañana y tenía un mensaje en el buzón de voz. Se levantó sin despertar a Beth y fue al cuarto de estar. El mensaje era de un detective de Miami y tenía buenas noticias para él. Blaine Richardson estaba en la cárcel del condado de Monroe y el detective le había organizado una visita para al día siguiente a través de su abogado. La adrenalina corría por las venas de Rafe. No podía perderse aquella oportunidad.

No tenía corazón para despertar a Beth y tampoco estaba preparado para lo que estaba haciendo, así que le escribió una nota, la dejó sobre la almohada y le dio un beso en la mejilla.

Los tres perros lo acompañaron a la puerta con los ojos resplandeciendo con un claro mensaje: «Será mejor que vuelvas»

Y Rafe pensaba hacerlo, aunque sólo fuera una última vez.

14

Cuando se despertó al día siguiente, Beth alargó la mano buscando a AJ, pero la cama estaba vacía. Se sentó bruscamente y, mientras se llevaba la mano a la cabeza, vio la nota que había dejado AJ sobre la almohada.

Espero que no te hayas arrepentido, excepto del alcohol. Tómate dos aspirinas más y dúchate con agua fría, es lo mejor para la resaca. Tengo que marcharme. Hablaremos cuando vuelva.

AJ

¿Se había marchado en medio de la noche? Por lo menos le había dejado un número de teléfono. «Hablaremos». ¿Qué querría decir eso? No parecía propio de AJ, pero quizá ésa fuera la forma de actuar de Rafe.

¿Por qué se habría marchado? Y de pronto lo recordó. Cuando estaban haciendo el amor, le había dicho que lo amaba y ese tipo de cosas espantaban a los hombres como AJ. Le había prometido que acostarse con él sería como tomarse el último bombón y después le había confesado su amor.

Dios. ¿Y si Rafe había hecho el amor con ella por compasión? Prácticamente se lo había suplicado. La idea le hizo dar un respingo. Por lo menos ya tenía un tema para su columna: diez cosas que jamás deberían hacerse con un ex. La primera, acostarse con él estando borracha. Gracias, Em.

Intentó sonreír ante su propio ingenio, pero el gesto le dolía demasiado.

Una hora después, había conseguido ducharse con agua fría, como AJ había sugerido, y se había obligado a tomar una tostada y un té. Arrastrándose, llegó hasta su ordenador y se sentó frente a él. Presionando delicadamente las teclas, conectó el correo con la esperanza de que reavivara su productividad. Will le había reenviado una carta de una admiradora. La abrió y leyó:

Em:

¿Te acuerdas de mí? Te escribí después de que publicaras tu primer artículo sobre sexo, agradeciéndote que me hubieras dado esperanzas. Pues bien, seguí tu consejo y accedí a salir con un hombre al que veo una vez al mes al ir a la tintorería. Lo pasamos maravillosamente y el sexo fue tan sorprendente que al día siguiente hasta me sonrojaba pensando en todo lo que habíamos hecho. Pero él no volvió a llamar. Me decía a mí misma que debía tomarme las cosas a la ligera, como tú dices, pero yo quería algo más. Quería que lo que habíamos compartido significara algo.

Así que me fui a la tintorería para hablar con él. No podía habérseme ocurrido una idea peor. Él no entendía dónde estaba el problema. Lo había-

mos pasado muy bien y no comprendía que no fuera suficiente para mí. Sé que él tenía razón, ¿pero qué hago ahora? Tengo el corazón destrozado y me siento como si estuviera muriéndome por dentro.

Beth se sintió inmensamente culpable. Las despreocupadas columnas de Em habían causado un increíble dolor. Espoleada por las palabras de aquel corazón destrozado y olvidándose de su dolor de cabeza, comenzó a escribir:

He cometido la imprudencia de no hacer algunas advertencias fundamentales a mis lectoras. Así que, aunque con retraso, allá van. El sexo puede conducir al amor, sí, pero no siempre los buenos compañeros de cama son almas gemelas. Esta intrépida reportera también se ha dejado deslumbrar por el oro falso.

Sí, queridas lectoras, yo me enamoré del primer compañero de cama que encontré.

Y ahora voy a daros una información vital. Aunque muchos hombres se enganchan con la primera mujer cuyo aliento matutino son capaces de soportar, está demostrado que las mujeres esperan más del sexo que los hombres. Un cincuenta por ciento de mujeres necesita sentir afecto antes de dar el salto al dormitorio. Y un setenta y cinco por ciento de los hombres, sin embargo, pueden acostarse con alguien sin que haya ningún sentimiento de por medio.

Sus propias palabras la traicionaban. Aquel artículo no era suficientemente frívolo como para ser de Em, pero era demasiado superficial para haberlo escrito Beth. Con un gemido, apoyó la mejilla sobre el escritorio. Tenía que hacer algo por todas aquellas lectoras a las que había inducido a tirarse a las turbulentas aguas de los sentimientos.

Rafe permanecía sentado en una silla metálica, en la sala de visitas, esperando que le llevaran a Blaine Richardson, alias Bill Donaldson, Blaine había sido detenido por haber falsificado un cheque, un delito de bajo perfil para un maestro como él, pero aun así, Rafe se alegraba de que estuviera detenido.

Además, investigar aquella historia lo había hecho sentirse más vivo de lo que había estado en muchos años. Quizá fuera porque estaba ayudando a Beth, pero eso no alteraba el resultado. Algo había cambiado en su interior. Había descuidado su faceta creativa durante demasiado tiempo, y ya iba siendo hora de que conectara con el resto de sí mismo.

Había cambiado. ¿Pero lo suficiente como para estar con Beth?

Probablemente no.

Y probablemente no importaba. Beth no había contestado a su segunda llamada de aquella mañana. Sin duda alguna, se arrepentía de haberse acostado con él. Maldición.

Pero por lo menos podría ofrecerle la verdad sobre su antiguo novio. Después de hablar con Richardson, se había reunido con una pareja en Hollywood, Florida, que había perdido mucho dinero por culpa de ese tipo y había sido capaz de localizar a otras tres víctimas del Blaine. Eso debería ser suficiente para aliviar la humillación de Beth. Por lo menos, no era la única que había sido engañada por los chanchullos de aquel tipo.

Oyó pasos y la puerta se abrió. Entró un hombre escoltado por dos policías. Rafe se levantó.

—Rafe Jarvis —se presentó. El tipo asintió y se

sentó frente a él. Rafe también se sentó—. Gracias por aceptar reunirse conmigo.

—Contestaré a sus preguntas con una condición. Tiene que decirle a Beth que yo no robé su dinero.

—¿Perdón?

—Ya me ha oído. Yo no le quité el dinero a Beth.

—De acuerdo…

—Sí, me lo gasté, pero no se lo robé. Fue su hermano el que me lo dio para que lo invirtiera en mi negocio, pero yo no sabía que ese dinero era suyo.

—¿Su hermano? ¿Me está diciendo que fue su hermano el que le robó?

—Cuando su abogado me dijo lo que quería, me di cuenta de que ese canalla me había cargado con las culpas. Yo no quiero que Beth piense eso de mí. Así que ése es el trato, dígale a Beth la verdad y podrá grabar hasta la última palabra que le diga.

—¿Y cómo sabré que me está diciendo la verdad?

—Dígale lo que le he dicho, amigo, hable con su hermano, con el banco, con quien sea. Ésa es la verdad.

—De acuerdo, empiece a hablar —Rafe activó la grabadora y se dispuso a tomar notas.

—Yo sabía que ese chico era problemático desde el principio. No tenía la menor idea sobre inversiones.

—¿Qué pasó exactamente?

—El muchacho apareció un día con veinte mil dólares. Me dijo que eran sus ahorros. No puedo culparlo, el negocio de multipropiedad que le ofrecía parecía algo sólido en el que todos ganaríamos dinero, así que imaginé que sabía lo que estaba haciendo.

—Es demasiado joven.

—Y excéntrico, sí —Richardson se encogió de hombros—. Adoraba a su hermana, así que me cuesta creer que no fuera sincero con ella.

—Bueno, ¿y qué pasó con ese negocio? ¿Y por qué se marchó?

Richardson sacudió lentamente la cabeza.

—Eso fue una tragedia. La mayor parte de los socios quemaron el dinero y nos dejaron sin nada. Cuando se lo dije a Timmy, se asustó. Me dijo que ese dinero era de Beth y me exigió que se lo devolviera. Pobre idiota.

—Pero usted no se lo dijo a Beth.

—No, no podía. Había perdido todo, incluso el dinero para nuestro crucero, y sabía que me culparía por haber metido a su hermano en esa historia. No era capaz de enfrentarme a ella. Era demasiado complicado, así que me marché.

—Podría haberla llamado para decirle que su marcha no había sido culpa suya.

Evidentemente, Richardson fue capaz de leer a través de sus palabras. Lo miró fijamente.

—¿Quién es usted? ¿Su novio?

—Sólo un amigo —se aclaró la garganta.

—Sí, claro. Y ha venido hasta Florida sólo porque es un amigo.

—Sí, claro que sí.

Una sonrisa curvó los labios de Richardson. Rafe tuvo que dominarse para no borrársela de un puñetazo.

—Beth sabía que la quería. Estaba enamorado de ella. Pero al final nunca funciona. No soy capaz de darles lo que quieren.

A Rafe le disgustó darse cuenta de que aquel psicópata estaba utilizando su propia excusa para dejar a Beth.

—Yo sólo quería que Beth supiera que no le había robado su dinero. Ni siquiera le pedí que invirtiera en ese negocio. Jamás lo habría hecho. Para mí, Beth estaba por encima de todo.

—Pero de todas formas se marchó con su dinero.

—Y es algo que todavía me duele. ¿Beth está bien?

—Sobrevivió. Todavía se siente dolida y confundida por lo que le hizo. Ella pensaba que la quería.

—Sí, fue un error tener una relación sentimental con ella. Beth es una gran persona, hace sentirse a uno mejor de lo que es. Por lo menos durante algún tiempo.

—¿Entonces quiere que le diga a Beth que usted es inocente?

—No me mire así, sé perfectamente lo que soy. Y no sé si usted podría decir lo mismo.

Rafe se limitó a fulminarlo con la mirada.

—Siéntase superior, si quiere, pero no me juzgue. Limítese a decirle a Beth lo que ocurrió.

—Le diré lo que me ha dicho, pero dudo que ella crea que su hermano le robó.

—Lo hará si habla con él. Y... cuídela, ¿quiere? —Richardson suavizó la voz—. ¿Sigue teniendo esos perros tan locos?

—Sí.

—¿Y los gatos?

—Sí, claro que los tiene.

—Beth se merece lo mejor.

—Desde luego.

—¿Sabe que está usted aquí? ¿Que me ha seguido el rastro?

—No, todavía no.

—No la pierda, amigo. Si yo hubiera tenido valor, todavía estaría con ella. No se encuentran mujeres como Beth muy a menudo.

No, no se encontraban. Y a Rafe le costaba creer que un hombre que vivía de mentiras estuviera diciendo verdades como puños.

Beth estaba paseando a los perros cuando los tres comenzaron a ladrar y a correr hacia la casa, donde un coche acababa de aparcar. Beth apenas podía sujetarlos mientras corrían hacia el coche. Y, a un bloque de distancia, vio a AJ bajando del mismo con un portafolios en la mano.

—Eh, tranquilos —les advirtió Rafe a los perros, mientras saltaban intentando alcanzarlo. Pero mientras intentaba apartar a los perros, mantenía la mirada fija en el rostro de Beth.

—AJ —habían pasado cinco días desde que le había dejado aquella nota.

Beth había evitado sus llamadas y se había prometido no dejarse hundir por lo que había pasado.

—Beth.

No se acercó a besarla. De hecho, tenía una expresión confusa, como si se alegrara de verla, pero, al mismo tiempo, estuviera preocupado.

—No tenías por qué haber venido, AJ. No tienes por qué disculparte por lo de la otra noche. La verdad es que no me acuerdo de nada de lo que dije.

—Siento oírte decir eso, porque yo me acuerdo de todo. Y significó mucho para mí.

—Oh… bueno, caramba. Yo sólo... —¿qué pretendía decirle AJ? La esperanza comenzó a renacer en su pecho—. ¿Por qué has venido? ¿Qué llevas ahí? —señaló el portafolios que llevaba AJ en la mano.

—Tengo noticias que darte, ¿podemos hablar?

Beth asintió y lo condujo al interior.

—¿Quieres tomar algo? —le preguntó, en cuanto les quitó la correa a los perros.

—Antes me gustaría que hablásemos —se sentó en el sofá.

Beth se sentó cerca de él. A pesar de sí misma, se alegraba de verlo en casa otra vez.

—¿Las noticias son buenas o malas?

—Ambas cosas, supongo. La buena noticia es que tenías razón sobre Blaine Richardson, te quería.

—¿De qué estás hablando?

—Lo he localizado, Beth. Hablé con los policías que se hicieron cargo de tu caso. Está en una cárcel de Florida por haber falsificado un cheque. Pude concertar una reunión. Ésa es la razón por la que me fui tan deprisa la otra noche. También hablé con otras personas a las que había engañado.

—No me lo puedo creer, ¿te fuiste hasta Florida? ¿Pero por qué ibas a hacer…?

—Lo hice por ti, Beth, ese tipo hizo trizas tu confianza en ti misma y quería demostrarte que no había sido culpa tuya, que también había engañado a otras personas.

—Vaya, no sé qué decir. Me cuesta creer que hayas hablado con él. ¿Por qué aceptó verte? ¿Está en la cárcel?

—Sí, y aceptó verme porque... porque quería que te dijera algo. Éstas son las malas noticias —tomó aire, como si estuviera intentando tomar fuerzas—: Richardson dice que él no te robó tu dinero. Que lo perdió, pero que no te lo robó. Dice que Timmy se lo dio.

—¿Timmy? ¿Blaine le ha echado la culpa a Timmy?

—Sí, según él, Timmy estaba loco por invertir en aquel negocio y Blaine no le preguntó de dónde había sacado el dinero. Como pensaba que conseguirían grandes beneficios, no le importó. Pero cuando el negocio se hundió, no fue capaz de enfrentarse a ti. Por eso se marchó.

—¿Y por qué iba a inventar esa mentira?

—No sé si es mentira, Beth. Habla con Tim.

—¿Tú crees que Timmy sería capaz de hacer algo así? —el corazón le latía violentamente en el pecho.

—Yo creo que si estuviera en tu lugar, por lo menos intentaría averiguarlo. Pensé hablar con tu hermano antes de venir a verte, pero no me creo con derecho a hacer una cosa así, por eso he venido a hablar antes contigo.

—¿Cómo puedes...? —estaba furiosa. Con Blaine por haber mentido sobre Timmy y con AJ por haberlo creído.

—No tenía la menor idea de que tu hermano estuviera implicado, Beth. Sólo quería averiguar la verdad —se inclinó hacia delante—. Hay una cinta con la conversación grabada, escúchala y después habla con tu hermano.

—No —Beth negó con la cabeza.

—Y recuerda que tenías razón sobre ese tipo. Te quería —AJ le tomó las manos y la miró a los ojos—. Podía ser un estafador, pero te amaba. En eso no te equivocaste.

—¿Y se supone que eso me tiene que hacer sentir mejor? —la voz le temblaba—. Yo nunca te he pedido que hicieras algo así.

—Lo sé, pero quería ayudarte. Y quería que supieras quién era yo. Te amo, Beth, quizá no sea capaz de hacerlo bien, pero quiero intentarlo. Hablando con Blaine, me di cuenta de que no podía dejarte.

—¿Hablando con Blaine? ¿El hombre que me robó mi dinero y que ha acusado a mi hermano de habérmelo quitado te convenció de que me amabas? —aquello era una locura.

—Me hizo darme cuenta de que no iba a volver a encontrar una mujer tan maravillosa como tú. Y no puedo dejar que te vayas de mi lado. Sé que estás asustada, yo también lo estoy, pero quiero intentarlo.

Beth sacudió la cabeza, intentando averiguar cuáles eran sus verdaderos sentimientos. El enfado, la confusión y la sorpresa se fundían con una alegría que inmediatamente fue sofocada por la desilusión. AJ le había confesado su amor a la vez que había acusado a su hermano de ladrón.

—Hablas del amor como si fuera una especie de castigo —le dijo Beth con dureza.

—Soy nuevo en todo esto, ¿de acuerdo? Y, como tú misma dijiste, me temo que no hay un manual de instrucciones.

—Quizá no. Pero se supone que el amor tiene que ser algo alegre, no una especie de condena, por el amor de Dios.

—No lo entiendo —dijo Rafe, sacudiendo la cabeza—. Hago todo esto, atrapo a ese tipo, te digo que te quiero, ¿y ahora te enfadas conmigo?

—Acabas de decirme que mi hermano es un delincuente, ¿esperas que te dé las gracias por haber hecho una cosa así?

—Por supuesto que no, pero creo que deberías dejar eso de lado y pensar en nosotros, en lo que queremos. Estoy aquí, ofreciéndome a quedarme contigo, ¿no era eso lo que querías?

Beth lo miró, dejando que el miedo llenara su corazón.

—No —dijo suavemente—, crees que me quieres, pero lo que sientes es una especie de obligación. Y eso... —señaló el portafolios— eso es lo último que quería de ti.

—La verdad no siempre es bonita. No te escondas de la verdad, Beth. Ni de la verdad sobre tu hermano ni de la verdad sobre nosotros. Aunque sea duro.

—Eso sí que tiene gracia, viniendo de alguien que se ha pasado semanas mintiéndome.

—Eso no es justo.

—Es más que justo. Es exactamente lo que ocurrió, y todavía no han cambiado suficientes cosas entre tú y yo, AJ. Tú mismo dijiste que no eras la clase de hombre que yo quería, y eso no sólo tiene que ver con la verdad. Tiene que ver con la distancia que reflejan siempre tus ojos, tu padre, ¿recuerdas?

Aquellas palabras le dolieron. Lo vio en su rostro, que palideció de dolor. Beth deseó retractarse, arrojarse a sus brazos y empezar de nuevo. Quería gritarle que lo que estaba diciendo era mentira.

Pero AJ la creyó, y la resignación y la tristeza ensombrecieron el azul de su mirada.

—Eso es lo único que puedo darte, Beth. No puedo ocultar lo que ha pasado entre nosotros, y si tú no eres capaz de ver más allá, no sé qué más puedo hacer —le sostuvo la mirada durante largo rato y se levantó.

Beth también se levantó y lo siguió hasta la puerta. Los perros se arremolinaron a su alrededor, aullando.

—Espero que encuentres lo que estás buscando, Beth —le dijo, y salió rápidamente.

Cuando cerró la puerta, los perros siguieron mirándola fijamente, como si estuvieran esperando su vuelta.

—No va a volver —les dijo Beth.

Y se alegraba de haberle pedido que se marchara. Ella no quería a un hombre que tenía que esforzarse para quererla. Bajó la mirada hacia el portafolios que supuestamente contenía la verdad sobre su hermano. Aquello era basura. Lo llevó a la cocina, abrió el cubo de la basura y lo tiró, pero justo en aquel momento cruzó su mente un recuerdo fugaz... Timmy rondando nervioso por su escritorio unas cuantas semanas antes de que Blaine se marchara y metiéndose algo en el bolsillo.

Lentamente, sacó el portafolios del cubo de la basura. AJ se equivocaba. Ella no le tenía miedo a la verdad.

Noventa minutos después, llegaba a casa de su madre con intención de hablar con Timmy. La presencia de George Nichols en el sofá, tomándose un té frío, con la caja de herramientas sobre la mesa, la distrajo.

—He venido a ajustar las bisagras y los tiradores de los armarios de tu madre.

—Y no me deja pagarle —lo interrumpió su madre sonrojada.

Beth observó que su madre se había suavizado visiblemente. Aquélla era una buena señal. Pero en aquel momento, Beth estaba tan concentrada en la conversación que tenía que mantener con Timmy que le resultaba difícil centrarse en ella.

—¿Quieres un vaso de té, cariño? —preguntó su madre, y se dirigió a la cocina.

Beth la siguió con intención de preguntarle dónde estaba su hermano, pero en cuanto se quedaron a solas, su madre le susurró:

—Me ha invitado a salir.

—Pues sal con él, es un hombre amable y le gustas, por el amor de Dios.

—Lo sé, pero...

—¿A ti no te gusta él?

—No es tan sencillo, Beth —sacó una jarra de té del refrigerador—. Los hombres esperan demasiado y terminan aburriéndose y marchándose. O quizá sea yo la que los aburre por alguna razón —sonrió con tristeza y se acercó al armario a sacar un vaso.

Su madre estaba asustada, comprendió Beth. Y ella también se había asustado cuando AJ le había dicho que la amaba. Al ver la expresión de su madre, se dio cuenta de que había estado sintiendo el mismo miedo que había experimentando cuando se había dado cuenta de que su padre no iba a volver. El abandono de su padre las había marcado profundamente a las dos.

Quizá AJ tuviera razón. Quizá estuviera escondiéndose de la verdad.

Su madre le sirvió un vaso de té frío y se lo tendió.

—¿Y cómo vas a saber que no funcionará si no lo intentas? —le preguntó Beth suavemente.

—¿Cómo quieres que lo sepa?

—Si funciona, es posible que paséis el resto de

vuestra vida juntos —«no se quedará», le estaban diciendo los ojos de su madre—. Y él no es papá.

—Por supuesto que no —su madre soltó una carcajada—, George no se parece nada a tu padre.

—Pero tienes la misma expresión que el día que papá se marchó.

—¿De verdad?

—Sí. Dale a George una oportunidad de demostrarte quién es realmente. Date a ti misma una oportunidad. Eres mucho más fuerte e inteligente que hace veinte años, te conoces mejor, conoces mejor a la gente. Y ya veremos lo que ocurre.

Su madre pestañeó y apretó los labios.

—Supongo que tienes razón. Tendré que pensar en ello —y entonces miró fijamente a su hija—. ¿Qué te ocurre, Beth? ¿Estás preocupada por algo?

—Quizá debería intentar seguir mi propio consejo —contestó Beth, sonriendo con tristeza—. Pero, de momento, tengo que hablar con Tim, ¿dónde está?

—En su taller, ¿qué ha pasado?

—Ya te lo contaré más tarde. De momento, lo que tienes que hacer es salir con George.

Beth sirvió otro vaso de té para su hermano y se dispuso a enfrentarse a la verdad.

15

Timmy estaba en el garaje que utilizaba como taller. Beth tuvo que pestañear para acostumbrarse a la tenue luz con la que trabajaba.

—Hola, Bethie —dijo Tim, alzando la mirada del clavo que estaba clavando—. Vaya, lo necesitaba, ¿quieres echarle una mirada al plano de ese prototipo?

—No, ahora no. Quería hablar contigo sobre Blaine.

—¿Blaine? ¿Qué ha pasado con Blaine?

—Quiero hablar de cómo consiguió mi dinero — dejó que las palabras flotaran en el aire mientras recordaba lo furioso que se había puesto Timmy con Blaine y las muchas veces que le había repetido que le pagaría lo que Blaine le había quitado.

Timmy desvió la mirada.

—¿Cómo consiguió Blaine mi dinero, Timmy?

—Blaine era un canalla —contestó Timmy, moviendo de forma notoria la nuez—. Perdió tu dinero.

—Sí, ¿pero cómo lo consiguió, Tim?

—¿Me estás acusando de algo?

—¿Crees que te estoy acusando de algo?

Y entonces Tim se dejó caer sobre el taburete, apoyó los brazos en el banco sobre el que trabajaba y la cabeza en las manos.

—He querido decírtelo muchas veces. Blaine lo hacía parecer como una oportunidad genial. Pensé que duplicaría tu dinero y que sería como una especie de regalo por todas las veces que me habías ayudado.

—¿Robaste mi dinero y has dejado que durante todo este tiempo le echara las culpas a Blaine?

—Fue un canalla, te abandonó. Y no me habló de los riesgos de esa inversión. Nos robó a los dos. Sabía que si te enterabas de lo que había hecho, te sentirías mucho peor. En cuanto se venda mi invento, te lo devolveré todo, te lo juro.

—Tim... —era un hombre adulto, pero continuaba siendo como un niño. Un soñador y una persona inestable, como lo había sido su padre—, deberías habérmelo dicho, deberías haber sido sincero.

—Lo sé. Todo esto ha estado matándome... Perdóname, Beth —lo miró destrozado, esperando su perdón—. Te lo devolveré todo. Estoy seguro de que este proyecto va a funcionar.

—No, Tim, esto tienes que pararlo —señaló a su alrededor—. Esto es una afición. Lo que tienes que hacer es ir a la universidad, sacarte un título y conseguir un trabajo. Después irás pagándomelo mes a mes, como si fuera un préstamo bancario.

—¿Qué?

—Ya es hora de que te hagas responsable de tu propia vida. Págale a mamá un alquiler, o, mejor aún, vete de casa. Comienza a hacer las cosas por ti mismo.

—Yo pensaba que creías en mí.

—Y creo. Creo que eres una persona inteligente y creativa y quizá algún día consigas vender alguno de tus inventos, pero, de momento, tendrás que ganarte la vida, como lo hace todo el mundo.

—¿Vas a decirle a mamá lo que hice?

—No, vas a contárselo tú. Y creo que a partir de ahora deberíamos empezar a decirnos lo que de verdad necesitamos oír.

Estuvo hablando con él durante un buen rato, animándolo, y después lo dejó sentado en su taller, desconcertado y un poco asustado.

Sabía que su hermano saldría adelante, de la misma forma que lo estaba haciendo ella, abriendo los ojos a lo que realmente eran las personas y no a lo que quería que fueran. AJ tenía razón. Ella prefería edulcorar la verdad a enfrentarse a ella.

Había estado tan asustada como AJ, pero no se había dado cuenta.

AJ se creía incapaz de comprometerse, pero había ido a buscar a su antiguo novio para ayudarla a sentirse mejor. Y lo había hecho por amor. La amaba. Era una experiencia nueva para él, pero estaba dispuesto a hacerla funcionar. Y ella le había negado esa oportunidad.

Y no era sólo de su amor por AJ de lo que se estaba escondiendo. También se había estado engañando sobre su columna. Ella no era una mujer de aventuras, ella era una mujer tímida y seria para la que el sexo era algo mucho más importante de lo que pretendía.

Y de pronto aquella columna dejó de tener importancia. Le diría a Will que la contratara para hacer artículos y si no quería, comenzaría a trabajar por libre.

Y hasta entonces, tendría que escribir su última columna. Que sería la mejor.

Una semana después, y justo después de su reunión con Curt Paterson, Rafe se detuvo a comprar una botella de champán y unas latas de caviar para llevarlos a casa de sus vecinos. Era el aniversario de su boda y había pensado en acercarse a felicitarlos.

Y él también tenía algo que celebrar. Había rechazado la oferta de Curt y había aceptado un trabajo de investigación, pero además, comenzaría a trabajar como periodista freelance. Tendría que bajar su nivel de vida, pero no le importaba. Estaba abierto a todo.

Se sentía completo por primera vez en mucho tiempo. Había utilizado su creatividad y su sentido para los negocios y había terminado con su aburrida existencia. Se sentía lleno, excepto por lo que le faltaba a su corazón.

Le habría encantado compartir todas aquellas noticias con Beth, que lo había ayudado a tomar esa decisión, pero era imposible.

La amaba, pero eso no era suficiente para ella. Y no quería pasarse la vida creándose falsas expectativas. Desde un primer momento, le había dicho a Beth que él no era el hombre que ella creía. ¿Por qué lo sorprendía entonces que lo hubiera rechazado?

Forzó una sonrisa, concentrándose en las cosas que tenía que celebrar, llamó a casa de sus vecinos e inmediatamente se vio envuelto en el calor de su felicidad.

Dos semanas después, Rafe entraba en el ascensor de su hotel. Estaba en Phoenix para asistir a una fiesta con la que pretendían celebrar los cambios que se habían llevado a cabo en la revista. En un principio, había pensado en declinar la invitación, porque no quería ver a Beth, pero Will quería que fuera y no podía decepcionarlo.

Así que intentaría enfrentarse a ello lo mejor que pudiera. A lo mejor Beth no iba a la fiesta. Al fin y al cabo, había renunciado a seguir escribiendo su columna. Rafe se sentía en parte culpable, pero Will le había asegurado que estaba encantada escribiendo otros artículos para la revista.

Al salir del ascensor, cruzó el vestíbulo y una voz familiar gritó su nombre.

Se volvió. Beth estaba en la entrada del bar. Llevaba el mismo conjunto de color azul que la noche que se habían conocido y sostenía un bolígrafo en la mano.

—¿Se te ha caído esto? —le preguntó con voz tórrida. Sonreía de oreja a oreja y sus ojos brillaban como si estuviera ocultando algún secreto.

Un secreto que, Rafe estaba convencido, le iba a encantar.

—Lo siento, no es mío. Estaba a punto de salir para ir a una fiesta, ¿quieres venir conmigo?

—¿No quieres tomar antes una copa? ¿Tutti-Frutti Martooti para todos?

—¿Y mi virilidad?

—A mí no me preocupa especialmente, ¿y a ti?

—Bueno, vamos a tomar una de esas bebidas, ¿de acuerdo?

La siguió al bar y advirtió encantado que llevaba un pasador con un gatito, y que continuaba tambaleándose sobre los tacones. Debía de estar esperándolo. Will sabía que iba a quedarse en el hotel, ¿estaría recreando Beth su primer encuentro?

Beth se deslizó en el reservado en el que estaba sentada la primera vez que habían hablado y AJ se sentó frente a ella.

Beth sacó entonces una revista del bolso, la abrió y la dejó sobre la mesa.

—Creo que te gustará mi última columna.

Rafe miró su rostro sonriente y después comenzó a leer, sintiendo los ojos de Beth fijos en él.

Vuestra reportera de Sexo en la ciudad es un fraude. Exacto. Ella no es como la fría y dulce Em que os ha estado dando consejos sobre el sexo durante todos estos meses. No, ella es una mujer tímida que se enamoró de don Momento Oportuno, ¿os acordáis de él? Bueno, pues terminó convirtiéndose en don Amor Imposible.

Rafe interrumpió la lectura para mirarla.

—Continúa leyendo —le pidió Beth con el rostro sonrojado.

Tened mucho cuidado, queridas lectoras. El sexo puede convertirse en un gran amor cuando menos se lo espera, y si no lo cuidas o estás asustada, puedes quedarte sin él. Que es exactamente lo que le ha pasado a vuestra intrépida reportera.

Así que éste es el consejo de Em: olvidad las reglas. Olvidad el martini perfecto, el ambiente de la segunda cita, las velas perfumadas y los preservativos e id a por lo que realmente importa.

Y lo que importa es que un hombre sea capaz de viajar al otro extremo del país para ayudar a la mujer a la que ama, aunque ella se comporte como una mocosa desagradecida.

Tenías razón, Amor Imposible, yo sólo estaba viendo lo que quería ver. Hay que enfrentarse sin refinamientos a la vida y al amor. Lo único que hay que hacer es abrirles los brazos y dejar que entren.

Rafe alzó la mirada hacia Beth. Ésta tenía el corazón en los ojos, abiertos y honestos, como si estuviera ofreciéndosele para siempre.

Y a él no lo asustaba lo más mínimo.

Continuó leyendo el último párrafo, aunque se sorprendió al verse obligado a pestañear para alejar las lágrimas de sus ojos. ¿Se le habría metido una mota de polvo?

Pensar en una relación para siempre deja de dar miedo cuando se van haciendo las cosas día a día.

Beth «Em» Samuels

Beth, que observaba atentamente el rostro AJ mientras éste leía sus palabras, vio el momento exacto en el que se derritió. Y antes de que hubiera levantado los ojos del papel, supo que todo iba a salir bien.

Cuando terminó la lectura, no dijo una sola palabra, sencillamente, se acercó a ella, la estrechó entre sus brazos y le dio un beso lento, suave y jubilosamente familiar.

—Así que iremos haciendo las cosas día a día.

—Sí, y así podremos conseguir que duren para siempre, creo.

—Eso es lo que yo quiero —contestó AJ, pero sus ojos reflejaban cierta vacilación.

—Puedes hacerlo, AJ, sé que puedes. Fuiste a buscar a Blaine, por el amor de Dios. E intentaste decirme la verdad cuando yo estaba ocupada intentando esconderme. Después de todo eso, estar enamorado debería ser algo tan fácil como dar un paseo por el parque.

—Tú también me has dicho algunas verdades, Beth. Tenías razón sobre lo que hablamos de la revista. He dejado *Man's Man* para volver a ser periodista. Hasta ahora, estaba utilizando solamente la mitad de mis capacidades, la mitad de mi corazón. Y tú me has ayudado a darme cuenta de ello.

—Haz cualquier cosa que te haga feliz, AJ.

—Tú me haces feliz, Beth. Tú, tus mascotas y tu casa abarrotada de cosas...

—Un sofá destartalado es lo único que necesito... siempre y cuando pueda compartirlo contigo —sentía un amor tan intenso en el corazón que estaba a punto de estallarle.

Y mientras decía aquellas palabras, fue consciente de un nuevo sentimiento: el deseo intenso de estar entre sus brazos, desnuda, piel contra piel. Sonrió, perfectamente consciente de lo que debería hacer al respecto.

—Te alojas en una de las habitaciones del hotel, ¿verdad? ¿Sabes? Llevo una temporada fuera de la circulación, y quizá tú podrías echarme una mano.

—Mmm. Ésa es una de las ventajas de los bares de los hoteles, ¿eh? En cuestión de segundos puedes pasar del bar al dormitorio —contestó AJ, citando una de las columnas de Beth—. ¿Y la fiesta de la revista?

—Quizá podamos ir más tarde —se inclinó para besarlo, emocionada al saber que podría seguir haciéndolo durante el resto de su vida.

AJ interrumpió el beso, le tomó la mano y la ayudó a levantarse.

—Me alegro de ver que Em no ha desaparecido totalmente de escena —dijo, abrazándola.

—Oh, no, ahora Beth y ella están muy unidas.

Sería sexy y sensata, salvaje y prudente. Sería la mujer realmente era, la mujer que AJ la había ayudado a descubrir. Lo miró a los ojos. La fría distancia que siempre había visto en ellos había sido reemplazada por el calor de un profundo amor.

—Estoy enamorada de AJ, pero algo me dice que Rafe también tiene mucho que ofrecerme.

—Sí, espera a que los veas a los dos juntos. Son invencibles.

—Estoy deseando que llegue el momento —se estrechó contra él, rodeándole la cintura con los dos brazos mientras se dirigían hacia el ascensor. Hacer el amor sería de pronto algo nuevo, una fusión total, una unión que sólo el amor era capaz de conquistar.

—A lo mejor podemos escribir una columna juntos sobre bodas —dijo AJ cuando se metieron en el ascensor—. ¿Qué te parecería una columna sobre la liga roja de la novia?

—¿La novia?

—Sólo estaba pensando en el futuro —dijo, y le dio un beso en el pelo.

Y también Beth. En un futuro en el que pudieran estar juntos Beth y Em, Rafe y AJ. Sin embargo, no estaba segura de que pudiera escribir sobre todo ello. Estaría demasiado ocupada viviéndolo.

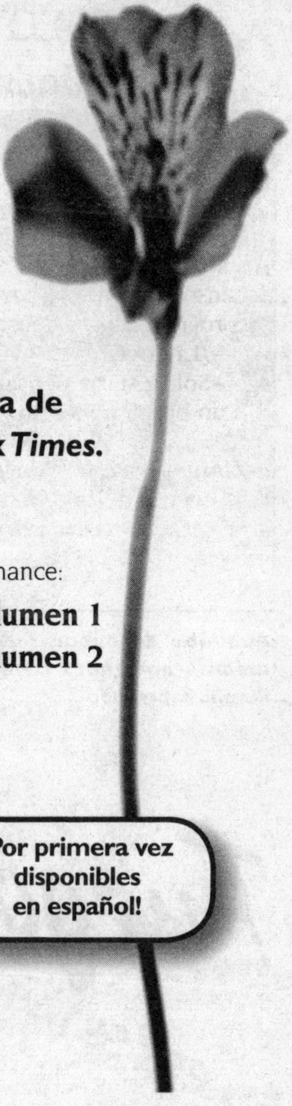